TRANZLATY

La Langue est pour tout le Monde

La lingua è per tutti

La Métamorphose

La Metamorfosi

Franz Kafka

Français
Italiano

www.tranzlaty.com

Première partie
Parte prima

Gregor Samsa se réveilla un matin après des rêves agités.
Gregor Samsa si svegliò una mattina da sogni inquieti.
Il se retrouva dans son lit, incapable de bouger.
Si ritrovò nel suo letto, ma incapace di muoversi.
Il avait été transformé en un monstre vermineux.
Era stato trasformato in un mostruoso parassita.
Il était allongé sur le dos, une carapace dure comme une armure.
Era sdraiato sulla schiena, dura come un'armatura.
En relevant légèrement la tête, il pouvait voir son ventre.
Sollevando un po' la testa poteva vedere la sua pancia.
Mais son ventre était bombé et divisé en segments.
Ma il suo ventre era bombato e diviso in segmenti.
La couverture reposait sur son ventre arrondi.
La coperta era appoggiata sulla sua pancia rotonda.
Mais la couverture était sur le point de glisser complètement.
Ma la coperta stava per scivolare giù del tutto.
Ses jambes étaient pitoyables comparées à leur taille habituelle.
Le sue gambe erano pietose rispetto alle loro dimensioni normali.
Et ses nombreuses pattes s'agitaient impuissantes devant ses yeux.
E le sue numerose gambe tremolavano impotenti davanti ai suoi occhi.
« Que m'est-il arrivé ? » se demanda-t-il.
"Cosa mi è successo?" pensò tra sé.
Mais ce n'était pas un rêve dont il ne pouvait se réveiller.
Ma non era un sogno dal quale non potesse svegliarsi.
Il se trouvait bel et bien dans sa propre chambre.
Si ritrovò davvero nella sua stanza.
Une vraie chambre pour des humains, mais un peu trop petite.

Una vera stanza per gli umani, ma un po' troppo piccola.

Il gisait tranquillement entre les quatre murs bien connus.

Giaceva tranquillo tra le quattro mura a lui ben note.

Sur la table se trouvait une collection d'échantillons de textiles.

Sul tavolo c'era una raccolta di campioni tessili.

Samsa était un vendeur ambulant, d'où les échantillons.

Samsa era un commesso viaggiatore, da qui i campioni.

Au-dessus des échantillons de textile désassemblés se trouvait une image.

Sopra i campioni tessili smontati c'era una foto.

Il avait récemment découpé la photo dans un magazine.

Aveva ritagliato di recente la foto da una rivista.

Il avait placé le tableau dans un joli cadre doré.

Aveva inserito il quadro in una bella cornice dorata.

Le tableau encadré représentait une dame assise bien droite.

Il quadro incorniciato raffigurava una donna seduta in posizione eretta.

Elle portait un chapeau de fourrure et un manchon de fourrure.

Indossava un cappello di pelliccia e aveva anche un manicotto di pelliccia.

Elle levait la main en direction du spectateur.

Stava alzando la mano verso chi guardava la foto.

Son avant-bras entier disparaissait dans son épais manchon de fourrure.

Tutto il suo avambraccio scomparve nel pesante manicotto di pelliccia.

Gregor regarda par la fenêtre le temps maussade.

Gregor guardò fuori dalla finestra il tempo uggioso.

On pouvait entendre les grosses gouttes de pluie frapper la fenêtre.

Si sentivano forti gocce di pioggia che colpivano la finestra.

Le temps gris le rendait très mélancolique.

Il tempo grigio lo rendeva molto malinconico.

« Et si je dormais un peu plus longtemps ? » pensa-t-il.

"Che ne dici se dormo ancora un po'?" pensò.

« Dormir davantage m'aiderait peut-être à oublier ces bêtises. »

"Dormire di più potrebbe aiutarmi a dimenticare queste sciocchezze."

Mais dormir plus longtemps était totalement impossible.

Ma dormire ancora era del tutto impraticabile.

Parce qu'il avait l'habitude de dormir sur le côté droit.

Perché era abituato a dormire sul fianco destro.

Mais son état actuel l'empêchait d'effectuer ses mouvements habituels.

Ma le sue condizioni attuali gli impedivano di compiere i suoi movimenti abituali.

Il n'avait aucun moyen de se retrouver dans cette situation.

Non aveva modo di mettersi in questa posizione.

Il fit de son mieux pour se jeter sur son côté droit.

Fece del suo meglio per gettarsi sul fianco destro.

Il a probablement tenté ce mouvement une centaine de fois.

Probabilmente ha tentato questo movimento un centinaio di volte.

Mais il revenait toujours en position couchée sur le dos.

Ma lui tornava sempre in posizione supina.

Il ferma les yeux pour ne pas voir ses jambes qui s'agitaient.

Chiuse gli occhi per non vedere le sue gambe che si muovevano irrequiete.

Finalement, la douleur l'a empêché de réessayer.

Alla fine il dolore gli impedì di riprovarci.

Une douleur sourde au flanc qu'il n'avait jamais ressentie auparavant.

Un dolore sordo al fianco che non aveva mai sentito prima.

« Oh mon Dieu », pensa désespérément Gregor Samsa.

"Oh Dio", pensò disperatamente Gregor Samsa.

« Quel métier pénible j'ai choisi ! »

"Che professione impegnativa ho scelto per me stesso!"

« Je dois voyager tous les jours pour le travail. »

"Ogni giorno devo viaggiare per lavoro."

« Le travail de bureau est beaucoup plus facile que le travail sur la route. »

"Il lavoro d'ufficio è molto più facile che lavorare in viaggio."
« Et j'ai la malédiction de devoir voyager constamment. »
"E ho la maledizione di dover viaggiare in lungo e in largo."
« Toutes ces inquiétudes liées au fait d'être à l'heure pour les trains. »
"Tutte le preoccupazioni di arrivare in orario per i treni."
« Mes horaires de repas sont irréguliers et la nourriture est mauvaise. »
"I miei orari dei pasti sono irregolari e il cibo è cattivo."
« Mes amis changent constamment de ville. »
"I miei amici cambiano sempre da una città all'altra."
« Mes interactions sont froides et professionnelles. »
"Le mie interazioni sono fredde e professionali."
«Que le diable s'amuse avec ce genre de travail !»
"Che il diavolo si diverta con questo genere di lavoro!"
Il ressentit une légère démangeaison en haut de l'estomac.
Sentì un leggero prurito sulla parte superiore dello stomaco.
Il s'appuya contre le montant du lit, le dos contre le sol.
Si spinse con la schiena contro il montante del letto.
Il voulait pouvoir mieux lever la tête.
Voleva riuscire a sollevare meglio la testa.
Il a trouvé l'endroit qui le démangeait.
Trovò il punto pruriginoso che lo dava fastidio.
Sa tête semblait recouverte de petits points blancs.
La sua testa sembrava ricoperta di piccoli puntini bianchi.
Il ne pouvait pas dire ce que représentaient ces petits points blancs.
Non riusciva a capire cosa fossero quei piccoli puntini bianchi.
Il avait prévu de toucher l'endroit avec une de ses jambes.
Aveva pianificato di toccare il punto con una delle sue gambe.
Mais lorsqu'il toucha l'endroit, il ressentit un étrange frisson.
Ma quando toccò quel punto sentì uno strano brivido.
Il a donc immédiatement retiré sa jambe.
Allora lui ritirò immediatamente la gamba dal posto.
Il n'avait d'autre choix que d'accepter cette sensation de démangeaison.

Non aveva altra scelta che accettare la sensazione di prurito.

Et il reprit sa position initiale dans le lit.

E tornò alla sua precedente posizione nel letto.

«Se réveiller si tôt rend vraiment stupide.»

"Svegliarsi così presto rende davvero stupidi."

« Un homme doit dormir suffisamment », pensa-t-il.

"Un uomo deve dormire a sufficienza", pensò tra sé.

« Les autres représentants de commerce mènent une vie de luxe. »

"Gli altri commessi viaggiatori vivono una vita nel lusso."

« Le matin, je transfère les ordres que j'ai reçus. »

"La mattina trasferisco gli ordini che ho ricevuto."

« Pendant ce temps, ces messieurs prennent encore leur petit-déjeuner. »

"Nel frattempo quei signori stanno ancora facendo colazione."

« Imaginez un peu si j'essayais de faire ça avec mon patron. »

"Immaginate se provassi a fare la stessa cosa con il mio capo."

«Il me licenciait avant même que j'aie fini mon petit-déjeuner.»

"Mi licenziava prima ancora che finissi di fare colazione."

« Mais ce ne serait peut-être pas le pire non plus. »

"Ma forse non sarebbe nemmeno la cosa peggiore."

«Le problème, c'est que mes parents me freinent.»

"Il problema è che i miei genitori mi stanno frenando."

« Sans eux, j'aurais déjà démissionné. »

"Se non fosse stato per loro mi sarei già dimesso."

« J'aurais tenu tête au patron et je lui aurais dit. »

"Avrei affrontato il capo e gliel'avrei detto."

« Je dirais exactement ce que je pense de lui et de son travail. »

"Direi esattamente quello che penso di lui e del suo lavoro."

« Il tomberait de son bureau si je lui racontais tout ! »

"Se gli raccontassi tutto, cadrebbe dalla scrivania!"

« Sa façon de s'asseoir à son bureau est très étrange. »

"È molto strano il modo in cui si siede sulla scrivania."

« Sa façon de parler à ses subordonnés n'est pas correcte. »

"Il modo in cui parla ai suoi subordinati non è corretto."

« Et le pire, c'est que son ouïe est très mauvaise. »
"E la cosa peggiore è che il suo udito è davvero scarso."
«Vous n'avez donc pas d'autre choix que de vous asseoir très près de lui.»
"Quindi non hai altra scelta che sederti molto vicino a lui."
« Cela dit, l'espoir n'est pas encore totalement perdu. »
"Ma detto questo, la speranza non è ancora del tutto perduta."
« Je vais économiser cet argent pour rembourser les dettes de mes parents. »
"Risparmierò i soldi per saldare il debito dei miei genitori."
« Je ne peux rien faire tant qu'ils lui doivent de l'argent. »
"Non posso fare nulla finché gli devono ancora dei soldi."
« Mais une fois la dette remboursée, je le ferai sans aucun doute. »
"Ma quando il debito sarà pagato lo farò sicuramente."
« Cela prendra probablement encore cinq à six ans. »
"Probabilmente ci vorranno altri cinque o sei anni."
« Oui, alors la grande séparation aura certainement lieu. »
"Sì, allora la grande separazione avverrà sicuramente."
« Pour le moment, je dois me lever. »
"Per il momento, però, devo alzarmi dal letto."
« Parce que mon train part à cinq heures. »
"Perché il mio treno parte alle cinque."
Gregor regarda le réveil qui tic-tac sur la table.
Gregor guardò la sveglia che ticchettava sul tavolo.
« Père céleste ! » pensa-t-il en regardant l'heure.
"Padre Celeste!" pensò quando vide l'ora.
Six heures et demie étaient déjà passées sans qu'on s'en aperçoive.
Le sei e mezza erano già trascorse in silenzio.
Et les aiguilles de l'horloge continuaient d'avancer d'elles-mêmes.
E le lancette dell'orologio continuavano ad andare avanti.
Et il était presque sept heures quarante-cinq.
E ormai si avvicinavano le sette meno un quarto.
« Peut-être que le réveil n'a pas sonné ? » pensa-t-il.
"Forse la sveglia non era suonata per svegliarmi?" pensò.

Depuis son lit, Gregor inspecta le réveil.
Dal suo letto Gregor controllò la sveglia.
Le réveil était correctement réglé sur quatre heures.
La sveglia era impostata correttamente sulle quattro.
Il ne pouvait pas l'expliquer, mais l'alarme avait dû sonner.
Non sapeva spiegarlo, ma l'allarme doveva essere suonato.
« Comment ai-je pu dormir sans m'en rendre compte après avoir entendu le réveil ? »
"Come ho fatto a dormire nonostante la sveglia non me ne accorgessi?"
Quand elle sonne, l'alarme fait même trembler les meubles.
Quando suona, l'allarme fa tremare persino i mobili.
Il savait que son sommeil n'avait pas été du tout paisible.
Sapeva che il suo sonno non era stato affatto tranquillo.
Mais c'est peut-être pour cela que son sommeil était beaucoup plus profond.
Ma forse era per questo che il suo sonno era molto più profondo.
Il devait réfléchir à ce qu'il devait faire maintenant.
Doveva pensare a cosa fare adesso.
Le train suivant ne partait qu'à sept heures.
Il treno successivo non partiva prima delle sette.
Prendre ce train serait quasiment impossible.
Prendere quel treno sarebbe quasi impossibile.
Et il n'avait pas encore emporté les textiles dont il avait besoin.
E non aveva ancora messo in valigia i tessuti di cui aveva bisogno.
Il ne se sentait pas particulièrement frais et agile non plus.
Non si sentiva nemmeno particolarmente fresco e agile.
Il y avait peut-être une chance de monter dans le train.
Forse c'era la possibilità di salire sul treno.
Mais une réprimande du patron était inévitable de toute façon.
Ma in ogni caso il rimprovero del capo era inevitabile.
Le commis aurait pris le train de cinq heures.
L'impiegato sarebbe salito sul treno delle cinque.

Le commis de bureau était une créature sans envergure, à la solde du patron.

L'impiegato era una creatura senza spina dorsale del capo.

L'absence de Gregor aurait donc déjà été signalée.

Quindi l'assenza di Gregor sarebbe già stata segnalata.

« Et si je me faisais porter malade ? » se demandait Gregor.

"E se mi dicessi malato?" stava riflettendo Gregor.

Mais ce serait extrêmement embarrassant et suspect.

Ma ciò sarebbe estremamente imbarazzante e sospetto.

Gregor n'avait jamais été malade pendant la période où il avait travaillé là-bas.

Gregor non si era mai ammalato durante il periodo in cui lavorava lì.

Et il leur avait déjà consacré cinq années de service.

E aveva già prestato loro servizio per cinque anni.

Il y avait de fortes chances que le patron vienne prendre de ses nouvelles.

Probabilmente il capo sarebbe venuto a controllare come stava.

Il amènerait probablement le médecin de l'assurance maladie.

Probabilmente porterebbe con sé il medico dell'assicurazione sanitaria.

Et il blâmait les parents pour la paresse de leur fils.

E darebbe la colpa ai genitori per la pigrizia del figlio.

Ils ne pourraient formuler aucune objection à son égard.

Non avrebbero potuto sollevare alcuna obiezione nei suoi confronti.

Car pour lui, il n'y avait que deux sortes de travailleurs.

Perché per lui esistevano solo due tipi di lavoratori.

Soit les ouvriers étaient en parfaite santé, soit ils rechignaient à travailler.

O i lavoratori erano perfettamente sani o erano scansafatiche.

Et aurait-il même tort dans cette analyse de base ?

E avrebbe forse torto in questa analisi di base?

Assurément, dans ce cas précis, son argument était solide.

Certamente, in questo caso, aveva un argomento valido.

Malgré son apparence, Gregor se sentait en réalité plutôt bien.

Nonostante il suo aspetto, Gregor in realtà si sentiva piuttosto bene.

Ce long sommeil inutile l'avait rendu un peu somnolent.

Il sonno lungo e inutile lo rese un po' assonnato.

Mais à part ça, il ne pouvait pas se plaindre de maladie.

Ma a parte questo non poteva lamentarsi di essere malato.

Il ressentait même une faim particulièrement forte et saine.

Sentì addirittura una fame particolarmente forte e sana.

Tandis qu'il nourrissait ces pensées, l'horloge sonna de nouveau.

Mentre rifletteva su questi pensieri, l'orologio suonò di nuovo.

Selon l'alarme, il était alors sept heures moins le quart.

Secondo l'allarme erano ormai le sette meno un quarto.

Et maintenant, on frappa doucement à la porte.

E ora si udì anche un leggero bussare alla porta.

« Gregor », l'appela quelqu'un – c'était sa mère.

«Gregor», lo chiamò qualcuno: era la madre.

« Il est sept heures moins le quart », a-t-elle confirmé en entendant l'alarme.

«Sono le sette meno un quarto», confermò l'allarme.

« Tu ne voulais pas partir ? » demanda la douce voix.

"Non volevi andartene?" chiese la voce gentile.

Gregor eut peur en entendant sa voix répondre.

Gregor si spaventò quando sentì la sua voce rispondere.

Sa voix était toujours la même.

La voce era ancora la voce di sempre.

Mais une nouvelle sonorité s'était désormais mêlée à sa voix.

Ma ora nella sua voce si udiva un nuovo suono.

Un couinement douloureux s'échappa également du plus profond de lui.

Dal profondo di lui provenne anche un cigolio doloroso.

Au début, sa voix semblait former des mots avec clarté.

All'inizio la sua voce sembrò formare parole con chiarezza.

Mais alors, Gregor entendit l'écho mental de sa voix.

Ma poi Gregor sentì l'eco mentale della sua voce.

L'enregistrement de sa voix s'est interrompu de façon étrange.
La registrazione della sua voce si interruppe in modo strano.
Et il n'était pas sûr d'avoir bien entendu.
E non era sicuro di aver sentito bene.
Gregor éprouvait un profond désir de donner une réponse détaillée.
Gregor sentì un profondo desiderio di dare una risposta dettagliata.
Il voulait tout expliquer clairement à sa mère.
Voleva spiegare tutto chiaramente a sua madre.
Mais, compte tenu des circonstances, il devait se limiter.
Ma, date le circostanze, dovette limitarsi.
Et sa réponse fut beaucoup plus brève qu'il ne l'aurait souhaité.
E lui rispose in modo molto più breve di quanto avrebbe voluto.
"Oui maman, ne t'inquiète pas, merci, je suis déjà levée."
"Sì mamma, non preoccuparti, grazie, sono già sveglio."
La porte en bois a probablement contribué à étouffer sa voix.
Probabilmente la porta di legno contribuiva a soffocare la sua voce.
À l'extérieur, le changement dans la voix de Gregor est resté inaperçu.
All'esterno il cambiamento nella voce di Gregor passò inosservato.
La mère semblait satisfaite de son explication.
La madre sembrò soddisfatta della sua spiegazione.
Et elle repartit aussi discrètement qu'elle était venue.
E se ne andò di nuovo silenziosamente come era venuta.
Mais cette petite conversation a eu un effet indésirable.
Ma quella breve conversazione ebbe un effetto indesiderato.
Il a attiré l'attention des autres membres de la famille.
Catturò l'attenzione degli altri membri della famiglia.
Gregor était toujours chez lui et n'était pas allé travailler.
Gregor era ancora a casa e non era andato al lavoro.
Et maintenant, le père frappa lui aussi à la porte de côté.

E ora anche il padre bussò alla porta laterale.

Il frappa faiblement, mais avec détermination, du poing.

Bussò debolmente, ma con determinazione, con il pugno.

« Gregor, Gregor », appela-t-il, « quel est le problème ? »

"Gregor, Gregor," chiamò, "qual è il problema?"

Au bout d'un moment, il avertit de nouveau d'une voix plus grave.

Dopo un po' lo avvertì di nuovo con voce più profonda.

Mais la sœur frappa alors à la porte de l'autre côté.

Ma all'altra porta bussò la sorella.

« Gregor ? Tu ne te sens pas bien ? » demanda-t-elle doucement.

«Gregor? Non stai bene?» chiese a bassa voce.

« Avez-vous besoin de quelque chose ? » demanda-t-elle, inquiète.

"Hai bisogno di qualcosa?" chiese preoccupata.

Gregor a répondu aux deux parties : « J'ai déjà terminé. »

Gregor rispose a entrambe le parti: "Ho già finito."

Il avait fait de son mieux pour prononcer tous les mots avec soin.

Aveva fatto del suo meglio per pronunciare attentamente tutte le parole.

Et il a gommé tout ce qui était ostentatoire dans sa voix.

E cancellò tutto ciò che era evidente nella sua voce.

Le père semblait également satisfait de la réponse.

Anche il padre sembrava soddisfatto della risposta.

Et il retourna à son petit-déjeuner inachevé.

E tornò alla sua colazione incompiuta.

Mais la sœur murmura : « Gregor, ouvre la bouche, je t'en supplie. »

Ma la sorella sussurrò: «Gregor, apriti, ti prego».

Mais son inquiétude à son égard ne parvenait en rien à l'émouvoir.

Ma la sua preoccupazione per lui non riusciva a commuoverlo in alcun modo.

Gregor n'avait aucune intention de lui ouvrir la porte.

Gregor non aveva alcuna intenzione di aprirle la porta.

Ses voyages lui avaient permis d'acquérir certaines habitudes de prudence.

Viaggiando aveva acquisito alcune abitudini prudenti.

Et il se félicita d'avoir verrouillé les portes.

E si lodò per aver chiuso le porte.

Il voulait d'abord se lever tranquillement, à son propre rythme.

Per prima cosa voleva alzarsi in silenzio, con calma.

Et, sans être dérangé, il voulut s'habiller.

E, senza essere disturbato, volle vestirsi.

Cela étant fait, il voulut ensuite prendre son petit-déjeuner.

Fatto questo, volle fare colazione.

Ce n'est qu'alors qu'il a souhaité examiner la situation plus en détail.

Solo allora volle valutare ulteriormente la situazione.

Il savait qu'il était inutile de faire des projets au lit.

Sapeva che non serviva a niente fare progetti a letto.

Il serait impossible de parvenir à une conclusion sensée.

Giungere a una conclusione sensata sarebbe impossibile.

Il lui était déjà arrivé de se réveiller avec de légères douleurs.

Altre volte si era svegliato con lievi dolori.

Ces douleurs se sont toujours révélées être de pures inventions de l'imagination.

Questi dolori si rivelavano sempre pura immaginazione.

En me levant du lit, la douleur disparaissait invariablement.

Quando mi alzavo dal letto il dolore invariabilmente svaniva.

Il était curieux de voir ce qu'il adviendrait de ces idées.

Era curioso di vedere cosa sarebbe successo a queste idee.

Le changement de sa voix était probablement dû à un rhume.

Il cambiamento nella sua voce era probabilmente dovuto a un raffreddore.

Le rhume est un risque professionnel courant pour les voyageurs.

Per i viaggiatori il raffreddore è solo un rischio professionale.

Il ne doutait pas que c'était l'explication logique.

Non aveva dubbi che quella fosse la spiegazione logica.

Il s'est facilement dégagé de la couverture.

Togliersi la coperta di dosso fu un'impresa facile.

Il lui suffisait d'inspirer et de se gonfler.

Tutto quello che doveva fare era inspirare e gonfiarsi.

La couverture glissa de son corps et tomba sur le sol.

La coperta gli scivolò via dal corpo e cadde sul pavimento.

Son corps incroyablement large rendait d'autres choses difficiles.

Il suo corpo incredibilmente largo rendeva difficili altre cose.

Il aurait eu besoin de bras et de mains pour se tenir debout.

Per stare in piedi avrebbe avuto bisogno di braccia e mani.

Mais il n'avait plus les membres qu'il avait autrefois.

Ma non aveva più gli arti di una volta.

Au lieu de bras et de mains, il avait plein de petites jambes.

Invece di braccia e mani aveva tante piccole gambe.

Et ses jambes bougeaient sans cesse, sans qu'il puisse les contrôler.

E le sue gambe si muovevano costantemente, senza il suo controllo.

Il a essayé de plier une jambe, mais au lieu de cela, elle s'est étirée.

Cercò di piegare una gamba, ma questa si allungò.

Il parvint finalement à contrôler une jambe.

Alla fine riuscì a riprendere il controllo di una gamba.

Mais ensuite, le mouvement des autres pattes a été libéré.

Ma poi il movimento delle altre gambe venne liberato.

Et toutes ses jambes frémissaient d'excitation extrême.

E tutte le sue gambe si contrassero per l'eccitazione estrema.

Il a d'abord voulu sortir le bas de son corps du lit.

Per prima cosa voleva tirare fuori la parte inferiore del corpo dal letto.

Mais il n'avait pas encore vu le bas de son corps.

Ma in realtà non aveva ancora visto la parte inferiore del suo corpo.

Et de toute façon, déplacer cette pièce s'est avéré trop difficile.

E comunque spostare questa parte si è rivelato troppo difficile.

Finalement, de toutes ses forces, il fit un geste audacieux.

Alla fine, con tutte le sue forze, fece una mossa azzardata.

Sans plus hésiter, il s'avança.

Senza ulteriori esitazioni si mosse in avanti.

Mais il avait choisi la mauvaise direction.

Ma aveva scelto la direzione sbagliata.

Il s'est violemment cogné le corps contre le montant inférieur du lit.

Sbatté violentemente il corpo contro il montante inferiore del letto.

La douleur brûlante qu'il ressentait lui a appris une précieuse leçon.

Il dolore bruciante che provò gli insegnò una lezione preziosa.

La partie inférieure de son corps était peut-être plus sensible.

La parte inferiore del suo corpo era forse più sensibile.

Il a donc commencé par sortir le haut de son corps du lit.

Così cercò di alzare prima la parte superiore del corpo dal letto.

Il tourna prudemment la tête dans la bonne direction.

Girò attentamente la testa nella direzione corretta.

Et bientôt, sa tête se retrouva face au bord du lit.

E presto la sua testa si ritrovò rivolta verso il bordo del letto.

Ce mouvement prudent lui était en réalité facile.

In realtà, per lui questo movimento cauto fu facile.

Et sa largeur et son poids ne l'empêchaient pas de se déplacer.

E la sua ampiezza e il suo peso non ne impedivano il movimento.

La masse de son corps suivit lentement le mouvement de sa tête.

La massa del suo corpo seguiva lentamente la rotazione della testa.

Mais ensuite, il a passé la tête au-dessus du bord du lit.

Ma poi tenne la testa fuori dal bordo del letto.

Et il dut faire face à une nouvelle peur à laquelle il n'avait pas encore pensé.
E si trovò ad affrontare una nuova paura a cui non aveva ancora pensato.
Poursuivre dans cette voie pourrait s'avérer dangereux.
Procedere ulteriormente in questo modo potrebbe rivelarsi pericoloso.
Il pensait qu'il allait simplement se laisser tomber.
Aveva pensato che si sarebbe lasciato semplicemente cadere.
Mais ce serait un miracle s'il ne s'était pas blessé à la tête.
Ma sarebbe un miracolo se non si fosse ferito alla testa.
Ce n'était pas le moment de risquer de perdre connaissance.
Non era il momento di rischiare di perdere i sensi.
Finalement, il vaudrait peut-être mieux rester au lit.
Forse sarebbe meglio restare a letto, dopotutto.
Mais il devait ensuite faire le même effort pour revenir.
Ma poi dovette fare lo stesso sforzo per tornare indietro.
Après tous ces efforts, il était allongé là, exactement comme avant.
Dopo tutto quello sforzo era disteso lì, esattamente come prima.
Et maintenant, ses jambes semblaient encore plus en colère qu'elles ne l'avaient été.
E ora le sue gambe sembravano ancora più arrabbiate di prima.
Les mouvements de sa jambe étaient devenus encore plus incontrôlables.
I movimenti delle sue gambe erano diventati ancora più incontrollabili.
Il ne voyait aucun moyen de sortir de la situation dans laquelle il se trouvait.
Non vedeva alcun modo per uscire dalla situazione in cui si trovava.
Il était impossible de faire émerger la paix et l'ordre de ce chaos.
Da questo caos non si poteva trarre pace e ordine.

Mais il savait que rester au lit n'était pas une option non plus.
Ma sapeva che nemmeno restare a letto era un'opzione.
Tout sacrifier était l'option la plus sensée.
Sacrificare tutto era la scelta più sensata.
Il s'accrochait au moindre espoir de pouvoir se lever.
Si aggrappava alla minima speranza di riuscire ad alzarsi dal letto.
S'il y parvenait, tous les risques en auraient valu la peine.
Se ci fosse riuscito, ogni rischio sarebbe valso la pena.
Mais il se souvenait aussi d'autre chose en même temps.
Ma nello stesso momento si ricordò anche di qualcos'altro.
« Mieux vaut réfléchir sereinement que de prendre des décisions désespérées. »
"Meglio delle decisioni disperate sono le riflessioni calme."
Il concentra tous ses efforts sur la fenêtre.
Con tutti i suoi sforzi concentrò lo sguardo sulla finestra.
Mais ce qu'il vit ne lui insuffla guère de confiance ni de joie.
Ma ciò che vide gli suscitò poca fiducia e allegria.
La brume matinale enveloppait toute la rue étroite.
La nebbia mattutina copriva tutta la stretta strada.
Le réveil sonna à nouveau ; il était maintenant sept heures.
La sveglia suonò di nuovo: erano le sette.
« Il est déjà sept heures et il y a encore un épais brouillard. »
"Sono già le sette e c'è ancora tanta nebbia."
Il resta un moment allongé, immobile, respirant faiblement.
Per un po' rimase immobile, respirando solo debolmente.
Un peu de calme permettrait peut-être de retrouver une certaine normalité.
Forse un po' di calma potrebbe portare un po' di normalità.
Un silence complet pourrait engendrer les conditions réelles.
Il silenzio assoluto potrebbe determinare le condizioni reali.
Mais avant que l'horloge ne sonne à nouveau, il rompit le silence.
Ma prima che l'orologio battesse di nuovo, ruppe il silenzio.
«Avant que l'horloge ne sonne à nouveau, je dois être levé.»
"Prima che scocchi di nuovo, devo alzarmi dal letto."

« Je dois absolument être complètement levé à ce moment-là. »

"A quell'ora dovrò assolutamente essere completamente fuori dal letto."

« Après 19h15, le bureau enverra quelqu'un. »

"Dopo le sette e un quarto l'ufficio manderà qualcuno."

"Parce que le bureau ouvrait avant sept heures."

"Perché l'ufficio ha aperto prima delle sette."

Et il commença alors à se balancer hors du lit.

E cominciò a dondolarsi fuori dal letto.

Il avait cessé de se concentrer sur le haut ou le bas de son corps.

Aveva smesso di concentrarsi sulla parte superiore o inferiore del corpo.

Il fallut sortir tout son corps du lit.

Tutto il suo corpo dovette uscire dal letto.

Tomber de cette façon devrait protéger sa tête, pensa-t-il.

Pensò che cadere in quel modo avrebbe dovuto proteggere la sua testa.

Il avait prévu de relever la tête lorsqu'il toucherait le sol.

Aveva programmato di sollevare la testa quando fosse caduto a terra.

Son dos semblait suffisamment robuste pour encaisser le choc.

La parte posteriore del suo corpo sembrava abbastanza dura da sopportare l'impatto.

Et le tapis était là pour amortir l'atterrissage.

E il tappeto serviva ad ammorbidire l'atterraggio.

Ce qui le préoccupait le plus, cependant, c'était le bruit assourdissant.

La sua preoccupazione maggiore, tuttavia, era il forte rumore.

Le bruit fracassant effrayerait tous les occupants de la maison.

Il rumore di un tonfo spaventerebbe tutti in casa.

Peut-être que le bruit fort ne les terrifierait pas.

Forse non sarebbero terrorizzati dal rumore forte.

Mais ils seraient certainement inquiets s'ils l'apprenaient.

Ma se lo avessero saputo, si sarebbero sicuramente preoccupati.

Mais il fallait prendre le risque d'attirer l'attention.

Ma bisognava correre il rischio di attirare l'attenzione.

La nouvelle méthode s'apparentait davantage à un jeu qu'à un effort.

Il nuovo metodo era più un gioco che uno sforzo.

Il devait balancer son corps par mouvements brusques et saccadés.

Doveva dondolare il corpo con movimenti bruschi e bruschi.

Gregor était déjà à moitié sorti du lit.

Gregor si era già alzato a metà dal letto.

Une nouvelle idée venait de lui traverser l'esprit.

Ora gli era appena venuto in mente un nuovo pensiero.

« Tout serait si facile si quelqu'un venait à mon secours. »

"Sarebbe tutto così facile se qualcuno venisse in mio aiuto."

« Deux personnes fortes suffiraient amplement. »

"Due persone forti sarebbero più che sufficienti."

Son père et la servante seraient assez forts.

Suo padre e la cameriera sarebbero stati abbastanza forti.

Il leur suffirait de glisser leurs bras sous son dos.

Basterebbe fargli scivolare le braccia sotto la schiena.

Et ensuite, ils pourraient facilement le sortir du lit.

E poi potrebbero facilmente tirarlo fuori dal letto.

Peut-être auraient-ils dû réduire son poids progressivement.

Forse avrebbero dovuto ridurre gradualmente il suo peso.

Alors, espérons-le, les jambes auraient trouvé leur utilité.

Speriamo che allora le gambe abbiano trovato il loro scopo.

« Ne serait-il pas préférable, après tout, de demander de l'aide ? »

"Non sarebbe meglio chiamare aiuto?"

Le problème, bien sûr, c'est qu'il avait verrouillé les portes.

Il problema era ovviamente che aveva chiuso le porte.

Il y avait quelque chose dans cette idée qui le chatouillait.

C'era qualcosa in quel pensiero che lo solleticava.

Et malgré ses difficultés, il ne put réprimer un sourire.

E nonostante le difficoltà, non riuscì a trattenere un sorriso.

Il était déjà sur le point de perdre l'équilibre.

Ormai stava quasi per perdere l'equilibrio.

Chaque balancement le rapprochait un peu plus du moment où il basculerait du lit.

Ogni oscillazione lo portava sempre più vicino a cadere dal letto.

Il allait bientôt devoir prendre la décision finale.

Presto avrebbe dovuto prendere la decisione finale.

Dans cinq minutes, il serait sept heures et quart.

Tra cinque minuti sarebbero state le sette e un quarto.

Tandis qu'il était plongé dans ces pensées, la sonnette retentit.

Mentre rifletteva su questi pensieri, suonò il campanello.

« C'est quelqu'un du bureau », se dit-il.

"È qualcuno dell'ufficio", disse tra sé e sé.

Et il fut presque paralysé de peur à cause du visiteur.

E quasi si bloccò per la paura a causa del visitatore.

Ses jambes s'agitaient encore plus sauvagement qu'auparavant.

Le sue gambe danzavano ancora più selvaggiamente di prima.

Mais ensuite, pendant un instant, tout resta silencieux.

Ma poi, per un attimo, tutto rimase silenzioso.

« Ils n'ouvriront pas la porte », se dit Gregor.

"Non apriranno la porta", disse tra sé Gregor.

Il était encore prisonnier d'un espoir insensé.

Era ancora intrappolato in una speranza insensata.

Mais ensuite, bien sûr, la bonne s'est dirigée vers la porte.

Ma poi, naturalmente, la cameriera si diresse verso la porta.

Et, comme toujours, elle ouvrit la porte au visiteur.

E, come sempre, aprì la porta al visitatore.

Gregor n'avait besoin d'entendre que les premiers mots de bienvenue du visiteur.

A Gregor bastò sentire il primo saluto del visitatore.

Il a tout de suite compris qui était venu le chercher.

Capì subito chi era venuto a prenderlo.

Le chef de bureau en personne était venu prendre des nouvelles de Samsa.

Il capo ufficio in persona era venuto a controllare Samsa.

Pourquoi Gregor était-il le seul à être condamné à un tel sort ?

Perché Gregor fu l'unico condannato a questo destino?

Pourquoi lui seul a-t-il dû servir dans une telle organisation ?

Perché solo lui doveva prestare servizio in un'organizzazione del genere?

Le moindre oubli éveillait immédiatement les soupçons.

La minima svista suscitava subito sospetti.

Tous les employés qui travaillaient là-bas étaient-ils des scélérats ?

Tutti i dipendenti che lavoravano lì erano dei mascalzoni?

N'y avait-il donc parmi eux aucune personne fidèle et dévouée ?

Non c'era tra loro nessuna persona fedele e devota?

N'auraient-ils pas pu simplement envoyer un apprenti ?

Non potevano semplicemente mandare un apprendista?

Toutes ces interrogations étaient-elles vraiment nécessaires ?

Erano davvero necessari tutti questi interrogativi?

Le représentant autorisé devait-il se déplacer en personne ?

Il rappresentante autorizzato doveva venire personalmente?

Fallait-il vraiment informer toute la famille innocente ?

Era necessario che tutta la famiglia innocente ne fosse informata?

Toutes ces considérations ont poussé Gregor à agir.

Tutte queste considerazioni spinsero Gregor ad agire.

Il se hissa hors du lit de toutes ses forces.

Si alzò dal letto con tutte le sue forze.

Il y a eu une forte détonation, mais ce n'était pas vraiment un bruit.

Ci fu un forte botto, ma non era un vero rumore.

La chute avait été légèrement amortie par le tapis.

La caduta era stata leggermente attutita dal tappeto.

Son dos était plus élastique que Gregor ne l'avait imaginé.

La sua schiena era più elastica di quanto Gregor avesse pensato.

Le son était donc plus sourd et moins perceptible.
Quindi il suono era più sordo e non così evidente.
Mais il n'avait pas fait attention à sa tête pendant sa chute.
Ma non si era preso cura della sua testa durante la caduta.
Et lorsqu'il a touché le sol, il s'est aussi cogné la tête.
E quando toccò terra sbatté anche la testa.
Il se frotta la tête sur le tapis, en colère et souffrant.
Si strofinò la testa sul tappeto, pieno di rabbia e dolore.
Mais le gérant, qui se trouvait dans la pièce d'à côté, a entendu le bruit.
Ma il direttore nella stanza accanto sentì il rumore.
« Quelque chose est tombé là-dedans », a-t-il observé avec justesse.
"Qualcosa è caduto lì dentro", osservò correttamente.
Gregor essaya d'imaginer le manager dans sa situation.
Gregor cercò di immaginare il direttore nella sua situazione.
« La même chose pourrait-elle lui arriver ? » se demanda-t-il.
"Potrebbe succedere anche a lui?" si chiese.
Il a admis que cet étrange événement pouvait être possible.
Accettò che questo strano evento potesse essere possibile.
Puis le chef de bureau fit quelques pas vers la pièce.
Poi il capo impiegato fece qualche passo verso la stanza.
C'était presque une réponse grossière à la question qu'il avait posée.
Era quasi una risposta rozza alla domanda che aveva posto.
Ses bottes en cuir grinçaient lorsqu'il s'approcha de la porte.
I suoi stivali di pelle scricchiolarono mentre si avvicinava alla porta.
Depuis la pièce située à sa droite, sa servante lui chuchota quelque chose.
Dalla stanza alla sua destra la cameriera gli sussurrò qualcosa.
"Gregor, le représentant autorisé est ici."
"Gregor, il rappresentante autorizzato è qui."
« Je sais », dit Gregor, mais seulement à voix basse pour lui-même.
"Lo so", disse Gregor, ma solo a bassa voce, tra sé e sé.
Il n'osait pas élever la voix au-dessus d'un murmure.

Non osava alzare la voce più di un sussurro.

Parce que Gregor ne voulait pas que sa sœur l'entende.

Perché Gregor non voleva che sua sorella lo sentisse.

« Gregor », dit le père depuis la pièce de gauche.

«Gregor», disse il padre dalla stanza a sinistra.

«Le responsable est venu vérifier quel est le problème.»

"Il direttore è venuto a controllare qual è il problema."

« Il vous a demandé pourquoi vous n'aviez pas pris le premier train. »

"Ti ha chiesto perché non sei partito con il primo treno."

« Nous ne savons pas quoi lui dire », a déclaré le père.

"Non sappiamo cosa dirgli", ha detto il padre.

« D'ailleurs, il souhaite également vous parler personnellement. »

"A proposito, vuole anche parlarti personalmente."

« Veuillez ouvrir la porte, afin qu'il puisse vous parler. »

"Per favore, apri la porta, così può parlare con te."

« Il aura la gentillesse d'excuser le désordre dans la chambre. »

"Sarà così gentile da scusare il disordine nella stanza."

« Bonjour, Monsieur Samsa », lui lança le directeur.

«Buongiorno, signor Samsa», lo chiamò il direttore.

Et il lui a certainement parlé de manière amicale.

E certamente gli parlò in modo amichevole.

« Il ne se sent pas bien », dit la mère au gérant.

"Non sta bene", disse la madre al direttore.

« Il ne va pas bien du tout, croyez-moi, cher manager. »

"Non sta affatto bene, mi creda, caro direttore."

« Sinon, pourquoi Gregor aurait-il raté le train du matin ? »

"Altrimenti perché Gregor avrebbe perso il treno del mattino?"

«Le garçon ne pense qu'à ses affaires.»

"Il ragazzo non ha altro a cui pensare se non agli affari."

« Cela m'agace presque qu'il ne fasse rien d'autre. »

"Mi dà quasi fastidio che non faccia altro."

« J'aimerais qu'il sorte le soir pour prendre l'air. »

"Vorrei che uscisse la sera per prendere una boccata d'aria fresca."

« Il était en ville pendant huit jours pour affaires. »
"È rimasto in città per otto giorni per lavoro."
« Mais il était chez lui tous les soirs. »
"Ma poi lui era a casa ogni sera"
«Il s'assoit à notre table et lit le journal.»
"Si siede al nostro tavolo e legge il giornale."
« À d'autres moments, il étudie les horaires des trains. »
"Altre volte studia gli orari dei treni."
«Il lui arrive de s'occuper en faisant de la menuiserie.»
"A volte si tiene impegnato con la falegnameria."
« Par exemple, il a sculpté un petit cadre photo en bois. »
"Ad esempio, ha intagliato una piccola cornice di legno."
« Pendant deux ou trois soirées, il était occupé avec la scie. »
"Per due o tre sere rimase impegnato con la sega."
«Vous serez étonné(e) de voir à quel point le cadre photo est
joli.»
"Resterete stupiti dalla bellezza della cornice."
«Il a accroché le cadre photo dans sa chambre.»
"Ha appeso la cornice nella sua stanza."
« Quand il ouvrira la porte, vous verrez ses boiseries. »
"Quando aprirà la porta vedrai i suoi lavori in legno."
« Au fait, je suis ravi que vous soyez ici, Monsieur Prokurist.
»
"A proposito, sono contento che lei sia qui, signor Prokurist."
« Nous n'aurions pas pu, à nous seuls, forcer Gregor à ouvrir
la porte. »
"Non avremmo potuto convincere Gregor ad aprire la porta da
soli."
« Il est tellement têtu », a avoué sa mère au vendeur.
"È così testardo", confessò sua madre all'impiegato.
« Il est certainement malade, même s'il l'a nié auparavant. »
"Sicuramente non sta bene, anche se prima lo aveva negato."
« J'arrive tout de suite », dit Gregor lentement et
prudemment.
«Arrivo subito», disse Gregor lentamente e con cautela.
Mais il ne fit aucun mouvement vers la porte de la pièce.
Ma non fece alcun movimento verso la porta della stanza.

Il ne voulait pas perdre un seul mot de la conversation.

Non voleva perdere una parola della conversazione.

Le chef de bureau a approuvé l'évaluation de la mère.

Il capo impiegato concordò con la valutazione della madre.

« Je ne peux pas l'expliquer autrement non plus, madame. »

"Non posso spiegarlo in nessun altro modo, signora."

« Espérons tous qu'il ne souffre d'aucune maladie grave », a-t-il déclaré.

"Speriamo tutti che non abbia malattie gravi", ha detto.

« D'un autre côté, c'est un risque pour notre secteur. »

"D'altro canto, nel nostro settore rappresenta un rischio."

« Nous, les hommes d'affaires, devons souvent surmonter un certain malaise. »

"Noi imprenditori dobbiamo spesso superare il disagio."

« Les professionnels doivent simplement faire abstraction des petites douleurs. »

"I professionisti devono solo superare i piccoli dolori."

Pendant ce temps, son père frappa de nouveau à l'autre porte.

Nel frattempo suo padre bussò di nuovo all'altra porta.

« Le chef de bureau peut-il entrer maintenant ? » demanda-t-il.

"Il capo impiegato può entrare adesso?" voleva sapere.

« Non, il ne peut pas », répondit Gregor à la question de son père.

«No, non può», rispose Gregor alla domanda del padre.

Un silence gênant s'installa dans la pièce de gauche.

Un silenzio imbarazzato calò nella stanza a sinistra.

Dans la pièce de droite, la sœur se mit à sangloter.

Nella stanza di destra la sorella cominciò a singhiozzare.

Pourquoi la sœur n'était-elle pas partie rejoindre les autres ?

Perché la sorella non era andata a stare con gli altri?

Elle venait probablement de se lever, pensa-t-il.

Probabilmente si era appena alzata dal letto, pensò.

Elle n'a peut-être même pas encore commencé à s'habiller.

Forse non aveva ancora iniziato a vestirsi.

Mais Gregor ne comprenait pas pourquoi elle pleurait.

Ma Gregor non riusciva a capire perché piangesse.

Était-ce parce qu'il ne s'était pas levé pour laisser entrer le directeur ?

Forse perché non si è alzato e non ha fatto entrare il direttore?

Était-ce parce qu'il risquait de perdre son emploi ?

Era forse perché rischiava di perdere il lavoro?

Le patron pourrait-il s'en prendre aux parents comme avant ?

Il capo potrebbe se la prenderà con i genitori come prima?

Allait-il leur formuler à nouveau les mêmes exigences qu'auparavant ?

Avrebbe ripresentato loro le vecchie richieste?

Il n'y avait probablement pas lieu de s'inquiéter de ces choses-là.

Probabilmente non c'era motivo di preoccuparsi di queste cose.

Pour le moment, elle n'avait aucune raison de pleurer.

Per il momento non aveva motivo di piangere.

Gregor était toujours là, subvenant aux besoins de sa famille.

Gregor era ancora lì, a provvedere alla famiglia.

Et il n'a jamais eu l'intention de quitter sa famille.

E non ha mai avuto alcuna intenzione di lasciare la famiglia.

Pour le moment, il restait simplement allongé là, sur le tapis.

Per il momento rimase semplicemente sdraiato sul tappeto.

La famille ignorait son état.

La famiglia non era a conoscenza delle sue condizioni.

S'ils avaient su, ils n'auraient pas encouragé son patron.

Se lo avessero saputo non avrebbero incoraggiato il suo capo.

Ils n'auraient même pas laissé entrer le gérant.

Non avrebbero nemmeno lasciato entrare il direttore in casa.

Le refouler n'aurait pas été particulièrement impoli.

Mandarlo via non sarebbe stato particolarmente maleducato.

Il aurait facilement pu trouver une excuse convenable plus tard.

Avrebbe potuto facilmente trovare una scusa adatta più tardi.

Ce n'était pas un motif de licenciement.

Non era qualcosa per cui avrebbe potuto essere licenziato.

Gregor pensait qu'il serait plus judicieux de le laisser tranquille désormais.

Gregor pensò che sarebbe stato più sensato ora essere lasciato solo.

Le déranger en pleurant et en parlant n'a pas beaucoup aidé.

Disturbarlo con il pianto e le chiacchiere non ottenne alcun risultato.

Mais c'était l'incertitude qui inquiétait les autres.

Ma era l'incertezza a turbare gli altri.

Et c'est cette incertitude qui a excusé leur comportement.

Ed era proprio questa incertezza a giustificare il loro comportamento.

« Monsieur Samsa », appela le directeur d'une voix forte.

«Signor Samsa», chiamò il direttore a voce alta.

« Qu'est-ce qui se passe avec toi ? » a-t-il voulu savoir.

"Cosa ti succede?" volle sapere.

« Tu t'es barricadé dans ta chambre. »

"Ti sei barricato nella tua stanza."

«Vous ne pouvez répondre que par «oui» ou «non».»

"Rispondi solo con un 'sì' o con un 'no'."

«Vous causez de sérieux soucis à vos parents.»

"Stai causando seri problemi ai tuoi genitori."

« Je ne vois pas de bonne raison de les inquiéter. »

"Non vedo una buona ragione per cui dovresti preoccuparli."

« Il y a une autre chose que je mentionnerai en passant. »

"C'è un'altra cosa che vorrei menzionare di sfuggita."

«Vous négligez également vos obligations professionnelles envers nous.»

"Stai anche trascurando i tuoi doveri commerciali nei nostri confronti."

« Une telle irresponsabilité ne vous ressemble pas du tout. »

"Una simile irresponsabilità è del tutto fuori dal tuo carattere."

« Je parle ici au nom de vos parents et de votre patron. »

"Parlo qui a nome dei tuoi genitori e del tuo capo."

« Et je vous demande une explication immédiate et claire. »

"E vi chiedo una spiegazione immediata e chiara."

« Je dois dire que tout cela m'étonne vraiment. »

"Devo dire che tutta questa faccenda mi stupisce davvero."
« Je pensais vous connaître comme une personne calme et raisonnable. »
"Pensavo di conoscerti come una persona calma e ragionevole."
« Mais maintenant, tu nous montres une autre facette de toi. »
"Ma ora ci stai mostrando un lato diverso di te."
«Vous faites soudain preuve de vos caprices très particuliers.»
"All'improvviso stai mostrando i tuoi capricci davvero particolari."
« Mais il pourrait y avoir une explication à votre échec. »
"Ma potrebbe esserci una spiegazione per il tuo fallimento."
« Le patron a mentionné une dette que vous aviez recouvrée pour nous. »
"Il capo ha menzionato un debito che hai riscosso per noi."
« J'ai donné ma parole d'honneur au patron en votre nom. »
"Ho dato la mia parola d'onore al capo da parte tua."
« Mais maintenant je vois votre obstination incompréhensible. »
"Ma ora vedo la tua incomprensibile testardaggine."
« Je pourrais encore perdre toute envie de vous aider. »
"Potrei ancora perdere del tutto la voglia di aiutarti."
«Votre sécurité d'emploi n'est en aucun cas totalement stable.»
"La sicurezza del tuo posto di lavoro non è affatto del tutto stabile."
« À l'origine, je comptais vous dire tout cela en privé. »
"Inizialmente avevo intenzione di raccontarti tutto questo in privato."
« Mais maintenant je vois que vous voulez que je perde mon temps ici. »
"Ma ora vedo che vuoi che io perda tempo qui."
«Je ne vois donc aucune raison pour que vos parents ne le sachent pas.»

"Quindi non vedo perché i tuoi genitori non dovrebbero saperlo."

«Vos récentes performances n'ont pas été satisfaisantes.»

"La tua recente prestazione non è stata soddisfacente."

« Je reconnais que les ventes sont plus lentes à cette période de l'année. »

"Ammetto che le vendite sono più lente in questo periodo dell'anno."

« Mais il n'y a pas de période de l'année où il n'y a pas de ventes. »

"Ma non c'è periodo dell'anno in cui non si facciano vendite."

Pendant un instant, Gregor oublia tout ce qui l'entourait.

Per un attimo Gregor dimentica tutto ciò che lo circonda.

« Mais Monsieur Prokurist ! » s'écria Gregor, désespéré.

«Ma signor Prokurist!», gridò Gregor disperato.

« J'ouvre la porte tout de suite, maintenant, ne vous inquiétez pas. »

"Apro subito la porta, non preoccuparti."

«Le problème, c'est que je ne me sens pas très bien.»

"Il problema è che non mi sono sentito molto bene."

« Mes vertiges m'ont empêché d'atteindre la porte. »

"Le vertigini mi hanno impedito di arrivare alla porta."

« Je suis encore au lit, mais je me sens beaucoup mieux. »

"Sono ancora a letto, ma mi sento molto meglio."

«Un instant, s'il vous plaît, je viens de me lever.»

"Un attimo, per favore, sto giusto scendendo dal letto."

« Un instant de patience, c'est tout ce que je vous demande, Monsieur Prokurist. »

"Le chiedo solo un attimo di pazienza, signor Prokurist."

« Ça ne se passe pas aussi bien que je le pensais, mais ça ira. »

"Non sta andando come pensavo, ma starò bene."

« Comment une telle chose peut-elle arriver à une personne aussi rapidement ? »

"Come può una cosa del genere accadere a una persona così in fretta?"

« Je me sentais bien hier soir, mes parents le savent. »

"Ieri sera mi sentivo bene, i miei genitori lo sanno."
« Mais peut-être avais-je déjà un petit pressentiment à ce moment-là. »
"Ma forse avevo già avuto una piccola premonizione allora."
«Vous pourriez vous demander pourquoi je ne l'ai pas signalé au bureau.»
"Potresti chiederti perché non l'ho segnalato in ufficio."
« Je pensais que je me sentirais beaucoup mieux demain matin. »
"Pensavo che mi sarei sentito molto meglio domattina."
« On pense toujours qu'ils auront vaincu la maladie d'ici là. »
"Si pensa sempre che a quel punto la malattia sarà superata."
« Mais je vous en prie ! Épargnez mes parents de ces accusations ! »
"Ma per favore! Risparmiate queste accuse ai miei genitori!"
« On ne m'a pas dit un mot de ce que vous m'avez dit. »
"Non mi è stata detta una parola di quello che mi hai detto."
« Il se peut que vous n'ayez pas lu les dernières commandes que j'ai envoyées. »
"Potresti non aver letto gli ultimi ordini che ho inviato."
« Au fait, vous n'avez pas à vous inquiéter pour moi aujourd'hui. »
"A proposito, oggi non devi preoccuparti per me."
«Je vais quand même prendre le train de huit heures.»
"Prenderò comunque il treno delle otto."
« Ces quelques heures de repos m'ont suffisamment revigoré. »
"Le poche ore di riposo mi hanno dato abbastanza forza."
« Vous n'avez vraiment pas besoin d'attendre, manager. »
"Non c'è davvero bisogno che tu aspetti, direttore."
« Moi aussi, je serai bientôt au bureau. »
"Anch'io sarò in ufficio molto presto."
« Et s'il vous plaît, ayez la gentillesse de dire un mot en ma faveur. »
"E per favore, sii così gentile da mettere una buona parola per me."

Gregor avait donné son explication assez précipitamment.
Gregor aveva pronunciato la sua spiegazione piuttosto frettolosamente.
Il ne savait pas vraiment ce qu'il essayait de dire.
Non sapeva bene cosa stesse realmente cercando di dire.
Il s'est approché de la boîte et a essayé de s'en servir pour se lever.
Andò verso la scatola e cercò di usarla per alzarsi.
Il avait vraiment l'intention d'ouvrir la porte.
Aveva davvero tutta l'intenzione di aprire la porta.
Il souhaitait être reçu par le représentant autorisé.
Voleva essere visto dal rappresentante autorizzato.
Et il voulait régler le problème avec lui personnellement.
E voleva risolvere il problema personalmente con lui.
Il était impatient de savoir comment les autres réagiraient à son égard.
Era ansioso di sapere come avrebbero reagito gli altri nei suoi confronti.
Ils doivent maintenant être impatients de savoir comment il va.
A questo punto saranno sicuramente ansiosi di vedere come sta.
Il y avait deux façons possibles dont ils pouvaient réagir face à lui.
C'erano due possibili modi in cui avrebbero potuto reagire a lui.
Une possibilité était qu'ils aient peur.
Una possibilità era che si spaventassero.
S'ils avaient peur, alors il n'en était pas responsable.
Se erano spaventati, allora non aveva alcuna responsabilità.
Et alors, il n'aurait plus à s'inquiéter de la situation.
E allora non avrebbe dovuto preoccuparsi della situazione.
Mais il y avait aussi une autre possibilité à envisager.
Ma c'era anche un'altra possibilità a cui pensare.
Peut-être accepteraient-ils sereinement sa personnalité.
Forse avrebbero accettato con calma il suo modo di essere.
Gregor n'aurait alors aucune raison de se fâcher non plus.

Allora anche Gregor non avrebbe più motivo di arrabbiarsi.

Il y aurait encore assez de temps pour prendre le train.

Ci sarebbe ancora abbastanza tempo per prendere il treno.

Cependant, se tenir debout n'était pas une tâche facile.

Tuttavia, stare in piedi non era affatto un compito facile.

Lors de ses premières tentatives, il a glissé hors de la boîte.

Nei suoi primi tentativi scivolò fuori dalla scatola.

La boîte était trop lisse pour qu'il puisse s'y appuyer.

La scatola era troppo liscia perché lui potesse starci in piedi.

Et finalement, il se donna un dernier effort pour se relever.

E infine si diede un'ultima spinta per rialzarsi.

Il ne prêta plus attention à la douleur qu'il ressentait à l'abdomen.

Non prestò più attenzione al dolore all'addome.

Peu importe l'intensité de la douleur, il la surmonterait.

Non importava quanto dolore provasse, ce l'avrebbe fatta.

Il se laissa tomber contre le dossier d'une chaise voisine.

Si lasciò cadere contro lo schienale di una sedia lì vicino.

Et il s'accrochait aux bords avec ses petites jambes.

E si teneva ai bordi con le sue zampette.

À ce stade, il avait repris le contrôle de lui-même.

A questo punto aveva acquisito un maggiore controllo di sé.

Et sa chute fut plus silencieuse que la précédente.

E la sua caduta fu più silenziosa della precedente.

Parce qu'il devait écouter ce que disait le manager.

Perché doveva ascoltare ciò che diceva il direttore.

« Avez-vous compris quelque chose à tout cela ? » demanda-t-il aux parents.

"Avete capito qualcosa?" chiese ai genitori.

« Il ne se moquerait pas de nous, n'est-ce pas ? »

"Non ci prenderebbe in giro, vero?"

« Pour l'amour de Dieu ! » s'écria la mère, déjà en larmes.

"Per l'amor di Dio", gridò la madre, già in lacrime.

« Il est peut-être gravement malade et nous le tourmentons. »

"Potrebbe essere gravemente malato e lo stiamo tormentando."

« Grete ! Grete ! » cria-t-elle à sa fille.

"Grete! Grete!" urlò alla figlia.

« Maman ? » appela la sœur de l'autre côté.

"Mamma?" chiamò la sorella dall'altra parte.

Ils ont ensuite communiqué par l'intermédiaire de la chambre de Gregor.

Poi comunicarono attraverso la stanza di Gregor.

« Gregor est très malade et il a besoin de médicaments. »

"Gregor è molto malato e ha bisogno di medicine."

«Vous devrez aller chez le médecin immédiatement.»

"Dovrai andare subito dal medico."

« Tu as entendu comment Gregor parlait tout à l'heure ? »

"Hai sentito come ha parlato Gregor poco fa?"

« C'était la voix d'un animal », a déclaré le gérant.

"Era la voce di un animale", disse il direttore.

Ses paroles étaient douces comparées aux cris de la mère.

Le sue parole erano silenziose in confronto alle urla della madre.

« Anna ! Anna ! » appela le père depuis l'antichambre.

«Anna! Anna!» chiamò il padre dall'anticamera.

Et il a claqué des mains pour attirer leur attention.

E batté le mani per attirare la loro attenzione.

« Appelez immédiatement un serrurier ! » ordonna-t-il à la bonne.

"Chiama subito un fabbro!" ordinò alla cameriera.

Les filles, en jupes, traversèrent l'antichambre en courant.

Le ragazze, in gonna, attraversarono di corsa l'anticamera.

Et leurs jupes bruissaient lorsqu'elles passèrent en courant devant sa chambre.

E le loro gonne frusciavano mentre correvano davanti alla sua stanza.

« Comment sa sœur a-t-elle fait pour s'habiller si vite ? » se demanda-t-il.

"Come ha fatto la sorella a vestirsi così in fretta?" pensò.

La porte a été arrachée, mais elle n'a pas été claquée.

La porta fu spalancata, ma non sbattuta.

C'est fréquent dans les maisons où survient un grand malheur.

Ciò è comune nelle case in cui si verifica una grande disgrazia.

Mais tout cela avait considérablement apaisé Gregor.

Ma tutto questo aveva fatto sì che Gregor diventasse molto più calmo.

Quand il entendait ses propres paroles, elles lui paraissaient claires.

Quando udì le sue stesse parole, gli sembrarono chiare.

En fait, il estimait que ses paroles avaient été plus claires.

In realtà sentiva che le sue parole erano state più chiare.

Mais les autres ne comprenaient plus ce qu'il disait.

Ma gli altri non capivano più cosa stesse dicendo.

Peut-être s'était-il habitué à ses oreilles à ce moment-là.

Forse ormai si era abituato alle sue orecchie.

Mais au moins, ils comprenaient maintenant mieux sa situation.

Ma almeno ora capivano meglio la sua situazione.

Ils se sont rendu compte qu'il y avait vraiment quelque chose qui n'allait pas chez lui.

Si resero conto che c'era davvero qualcosa che non andava in lui.

Et ils faisaient maintenant tout leur possible pour l'aider.

E ora facevano tutto il possibile per aiutarlo.

Cela redonna à Gregor un sentiment de confiance qui lui manquait.

Ciò diede a Gregor un senso di sicurezza che gli mancava.

Et il se sentait de nouveau beaucoup plus en sécurité au sein de sa famille.

E si sentì di nuovo molto più sicuro in famiglia.

Il avait le sentiment d'être à nouveau intégré au cercle humain.

Si sentiva di nuovo incluso nel cerchio umano.

Il ne lui restait plus qu'à espérer que le serrurier puisse ouvrir la porte.

Ora non gli restava che sperare che il fabbro riuscisse ad aprire la porta.

Et il espérait que le médecin serait capable d'accomplir de telles tâches.

E sperava che il medico potesse svolgere tali compiti.

Il allait bientôt devoir reprendre la parole.
Presto avrebbe dovuto parlare ancora di più.
Il allait falloir que sa voix soit aussi claire que possible.
La sua voce doveva essere il più chiara possibile.
Pour se préparer à la réunion, il s'éclaircit la gorge.
Per prepararsi all'incontro si schiarì la gola.
Il s'efforçait toutefois de tousser très discrètement.
Tuttavia, fece del suo meglio per tossire solo molto
silenziosamente.
Ce bruit pouvait être différent d'une toux humaine.
Il rumore potrebbe essere stato diverso da quello di un colpo
di tosse umano.
**Il savait qu'il ne pouvait plus faire la différence entre de
telles choses.**
Sapeva che non riusciva più a distinguere queste cose.
Dans la pièce voisine, le silence était total.
Nella stanza accanto era calato il silenzio più assoluto.
Les parents étaient probablement assis à table.
Probabilmente i genitori erano seduti a tavola.
Ils chuchotaient peut-être avec le gérant.
Forse stavano bisbigliando con il direttore.
**Peut-être que tout le monde était appuyé contre la porte et
écoutait.**
Forse tutti erano appoggiati alla porta e ascoltavano.
Gregor poussa lentement la chaise vers la porte.
Gregor spinse lentamente la sedia verso la porta.
Il s'appuya contre la porte et se tint droit.
Spinse la porta e si tenne in piedi.
**Il a découvert que la plante de ses pieds était légèrement
collée.**
Scoprì che i cuscinetti dei suoi piedi avevano un po' di colla.
Et il se reposa là un instant, épuisé.
E lì si riposò per un momento dallo sforzo.
**Après s'être suffisamment reposé, il s'attela à la tâche
suivante.**
Dopo essersi riposato a sufficienza, si dedicò al compito
successivo.

Il commença à tourner la clé dans la serrure avec sa bouche.

Cominciò a girare la chiave nella serratura con la bocca.

Malheureusement, il semblait qu'il n'avait pas de dents.

Sfortunatamente, sembrava che non avesse denti veri.

Mais quel autre moyen avait-il pour s'emparer des clés ?

Ma quale altro modo aveva per prendere le chiavi?

Heureusement pour lui, ses mâchoires étaient bien sûr très fortes.

Fortunatamente per lui le sue mascelle erano ovviamente molto forti.

Grâce à la force de ses mâchoires, il a vraiment réussi à faire bouger la clé.

Con l'aiuto delle sue mascelle riuscì davvero a far muovere la chiave.

Il ne doutait pas qu'il se faisait du mal à lui-même également.

Non aveva dubbi che anche lui si stesse facendo del male.

Parce qu'un liquide brunâtre sortait de sa bouche.

Perché dalla sua bocca usciva un liquido marrone.

Le liquide brunâtre a coulé sur la clé et le long de la porte.

Il liquido marrone colò sulla chiave e lungo la porta.

Mais Gregor ne se souciait pas de se faire du mal.

Ma a Gregor non importava di farsi del male.

« Vous entendez ça ? » demanda le gérant dans la pièce voisine.

"Senti?" chiese il direttore nella stanza accanto.

« Il tourne la clé », avait remarqué le gérant.

«Sta girando la chiave», aveva notato il direttore.

Ces paroles furent un grand encouragement pour Gregor.

Queste parole furono di grande incoraggiamento per Gregor.

Mais le père et la mère auraient également dû crier :

Ma anche il padre e la madre avrebbero dovuto gridare:

« Bien joué, Gregor ! » auraient-ils dû lui crier.

"Bene, Gregor", avrebbero dovuto gridargli.

«Continue, continue de tourner la clé, tu peux le faire.»

"Continua, continua a girare quella chiave, ce la puoi fare."

Mais Gregor dut plutôt imaginer leur enthousiasme.

Ma Gregor dovette immaginare la loro eccitazione.

Il serra les mâchoires de toutes ses forces.

Strinse le mascelle con tutta la forza che aveva.

Et il continua à tourner la clé dans la serrure.

E continuò a girare la chiave nella serratura.

Son corps se tordit douloureusement en un cercle.

Il suo corpo si contorse dolorosamente in cerchio.

Il ne tenait plus debout qu'avec sa bouche.

Ora si reggeva in piedi solo con la bocca.

Pour continuer à tourner la clé, il appuya contre la porte.

Per continuare a girare la chiave, premeva contro la porta.

Finalement, le claquement de la serrure réveilla de nouveau Gregor.

Infine lo scatto della serratura risvegliò di nuovo Gregor.

« Je n'avais donc pas besoin du serrurier », soupira-t-il de soulagement.

"Quindi non ho avuto bisogno del fabbro", sospirò di sollievo.

Il ne lui restait plus qu'à ouvrir la porte qu'il avait déverrouillée.

Ora non gli restava che aprire la porta che aveva sbloccato.

Et, la tête sur la poignée, il ouvrit la porte.

E con la testa sulla maniglia aprì la porta.

Il se trouvait derrière la porte qui donnait sur sa chambre.

Lui era dietro la porta che dava sulla sua stanza.

La porte était donc déjà ouverte avant même qu'on puisse le voir.

Quindi la porta era già aperta prima che lui potesse essere visto.

Il lui fallait ensuite se faufiler autour de la porte elle-même.

Poi dovette manovrare intorno alla porta stessa.

Ce mouvement difficile a également nécessité beaucoup d'efforts.

Anche questo difficile movimento ha richiesto molto impegno.

Il ne voulait pas tomber maladroitement dans la pièce voisine.

Non voleva cadere goffamente nella stanza accanto.

Il n'avait donc pas le temps de prêter attention à quoi que ce soit d'autre.

Quindi non aveva tempo di prestare attenzione a nient'altro.

Mais il entendit alors le chef de bureau s'exclamer bruyamment : « Oh ! »

Ma poi sentì il capo impiegato emettere un forte "Oh!"

On aurait dit que le vent soufflait en rafales dans la maison.

Sembrava che il vento soffiasse attraverso la casa.

Il se trouvait être celui qui était le plus proche de la porte.

Lui era quello più vicino alla porta.

Et maintenant, en le voyant, il porta sa main à sa bouche.

E ora, vedendolo, si premette la mano sulla bocca.

Il recula lentement, s'éloignant de Gregor.

Si mosse lentamente all'indietro, allontanandosi da Gregor.

Mais c'était comme si une force invisible agissait sur lui.

Ma era come se una forza invisibile agisse su di lui.

La première chose que fit la mère fut de regarder le père.

La prima cosa che fece la madre fu guardare il padre.

Malgré la présence du gérant, ses cheveux étaient en désordre.

Nonostante la presenza del direttore, i suoi capelli erano spettinati.

Elle déplia les bras et fit deux pas en avant.

Aprì le braccia e fece due passi avanti.

Mais elle s'est effondrée au milieu de sa jupe.

Ma poi crollò in mezzo alla gonna.

Sa robe s'est étalée tout autour d'elle sur le sol.

Il suo vestito si stese tutto intorno a lei sul pavimento.

Et sa tête disparut sur sa poitrine.

E la sua testa scomparve sul suo seno.

Le père serra le poing avec une expression hostile.

Il padre strinse il pugno con un'espressione ostile.

Il semblait vouloir que Gregor soit renvoyé dans sa chambre.

Sembrava che volesse spingere Gregor di nuovo nella sua stanza.

Il jeta ensuite un regard incertain autour du salon.

Poi guardò con aria incerta il soggiorno.
Et finalement, il se couvrit les yeux entre ses mains.
E infine si coprì gli occhi tra le mani.
Et il pleura amèrement jusqu'à ce que sa poitrine puissante tremble.
E pianse amaramente finché il suo possente petto non tremò.
Gregor n'est en réalité pas entré dans leur chambre.
Gregor in realtà non entrò affatto nella loro stanza.
Au lieu de cela, il s'appuya contre le cadre de la porte.
Invece si appoggiò allo stipite della porta.
Seule la moitié de son corps était visible de l'extérieur.
Solo metà del suo corpo era visibile a chi si trovava all'esterno.
Et sur son corps reposait sa tête, inclinée sur le côté.
E sulla parte superiore del suo corpo c'era la testa, inclinata di lato.
La lumière était désormais devenue beaucoup plus vive qu'auparavant.
Ormai la luce era diventata molto più intensa di prima.
On pouvait désormais voir clairement l'autre côté de la rue.
Ora si poteva vedere chiaramente l'altro lato della strada.
Une partie de l'hôpital gris et interminable se dévoila.
Si rivelò una parte dell'ospedale grigio e infinito.
La pluie matinale n'avait pas encore complètement cessé de tomber.
La pioggia mattutina non aveva ancora cessato del tutto di cadere.
Mais maintenant, les gouttes de pluie étaient plus grosses et plus espacées.
Ma ora le gocce di pioggia erano più grandi e più distanti tra loro.
Les plats du petit-déjeuner étaient disposés en abondance sur la table.
I piatti per la colazione erano in tavola in abbondanza.
Le père considérait le petit-déjeuner comme le repas le plus important.
Il padre riteneva che la colazione fosse il pasto più importante.

Le petit-déjeuner était un repas qu'il s'éternisait pendant des heures.
La colazione era un pasto che si trascinava per ore.
Et pendant ces heures, il lisait les différents journaux.
E in quelle ore leggeva i vari giornali.
Juste en face, sur le mur, était accrochée une photo de Gregor.
Proprio sulla parete opposta era appesa una fotografia di Gregor.
La photographie accrochée au mur le montrait en lieutenant.
La fotografia sul muro lo ritraeva come tenente.
C'était une photo de l'époque où il était dans l'armée.
Era una foto del periodo trascorso nell'esercito.
Sa main était posée sur son épée, et il arborait un sourire insouciant.
Teneva la mano sulla spada e aveva un sorriso spensierato.
Sa posture et son uniforme imposaient un certain respect.
La sua postura e la sua uniforme esigevano un certo rispetto.
L'autre porte qui menait à l'antichambre était également ouverte.
Anche l'altra porta che conduceva all'anticamera era aperta.
Et la porte de l'appartement était encore ouverte elle aussi.
E anche la porta dell'appartamento era ancora aperta.
On pouvait voir jusqu'à la cour de l'immeuble.
Si poteva vedere fino al piazzale antistante l'appartamento.
Puis les escaliers descendaient sur la rue en contrebas.
E poi le scale portavano giù nella strada sottostante.
Gregor était le seul à avoir gardé son sang-froid.
Gregor era l'unico che aveva mantenuto la calma.
Il a constaté cela, la conversation était donc de sa responsabilité.
Lui se ne accorse, quindi la conversazione era sua responsabilità.
« Bon, je vais m'habiller pour le travail maintenant », dit-il.
"Bene, ora vado a vestirmi per andare al lavoro", disse.
« Une fois que j'aurai emballé les échantillons de tissu, je partirai. »

"Dopo aver impacchettato i campioni di tessuto, me ne andrò."
«Vous comptez toujours me tirer dessus, Monsieur Prokurist ?»
"Ha ancora intenzione di licenziarmi, signor Prokurist?"
« Comme vous pouvez le constater, je ne suis pas aussi têtue que vous le pensiez. »
"Come puoi vedere, non sono così testardo come pensavi."
« Et vous pouvez constater que j'aime bien travailler, après tout. »
"E vedi che dopotutto mi piace lavorare."
« Je peux admettre que voyager pour le travail n'est pas facile. »
"Posso ammettere che viaggiare per lavoro non è facile."
« Mais je peux aussi accepter que cela fasse partie de mon travail. »
"Ma posso anche accettare che faccia parte del mio lavoro."
« Chef de projet, où allez-vous ? Retournez-vous au bureau ? »
"Direttore, dove sta andando? Di nuovo in ufficio?"
« Allez-vous rapporter fidèlement tout ce que vous avez vu ? »
"Riferirai sinceramente tutto ciò che hai visto?"
«Il arrive parfois qu'on soit dans l'incapacité d'aller travailler.»
"A volte capita di non poter andare al lavoro."
« C'est le moment idéal pour se souvenir des succès passés. »
"È il momento giusto per ricordare i successi del passato."
« Une fois la difficulté surmontée, on travaille encore mieux. »
"Dopo aver eliminato la difficoltà, si lavora ancora meglio."
« Ma diligence et ma concentration vont augmenter. »
"La mia diligenza e concentrazione sono destinate ad aumentare."
«Vous savez très bien que je suis redevable envers le patron.»
"Sai benissimo che sono in debito con il capo."
« Mais je suis aussi inquiète pour mes parents et ma sœur. »

"Ma sono anche preoccupato per i miei genitori e mia sorella."
« Je suis dans une situation délicate, mais je vais m'en sortir. »
"Sono in una situazione difficile, ma troverò la soluzione."
« Ne compliquez pas davantage les choses. »
"Non rendere le cose più difficili di quanto non siano già."
« En tant que collègues, nous devons aussi nous entraider. »
"Come colleghi dobbiamo anche aiutarci a vicenda."
« Je sais que les employés de bureau n'aiment pas les voyageurs. »
"So che agli impiegati non piacciono i viaggiatori."
«Vous croyez qu'on gagne des fortunes et qu'on mène une vie confortable.»
"Pensi che guadagniamo una fortuna e conduciamo una bella vita."
« Ils n'ont aucune raison valable de tenir compte de leurs préjugés. »
"Non hanno alcun vero motivo per considerare i loro pregiudizi."
« Mais vous, agent habilité, votre rôle est différent. »
"Ma tu, funzionario autorizzato, hai un ruolo diverso."
«Vous avez une meilleure vue d'ensemble que les autres membres du personnel.»
"Hai una visione d'insieme migliore rispetto agli altri membri dello staff."
« En fait, je pense que vous avez peut-être la meilleure vue d'ensemble. »
"In effetti penso che tu abbia la panoramica migliore."
«Vous avez une meilleure vision d'ensemble que le patron lui-même.»
"Hai una visione d'insieme migliore del capo stesso."
« J'admets que c'est le patron qui fait le travail d'entrepreneur. »
"Ammetto che il capo fa il lavoro imprenditoriale."
« Mais il est facile de se tromper dans ses jugements. »
"Ma è facile che i suoi giudizi vengano fuorviati."

« Et ces petites erreurs de jugement peuvent nous être
préjudiciables. »
"E questi piccoli errori di valutazione possono rivelarsi a
nostro svantaggio."
«Vous savez combien il est facile de parler du voyageur.»
"Sai quanto è facile parlare del viaggiatore."
« Il n'est pas là pour défendre sa réputation contre les
rumeurs. »
"Non è lì per difendere la sua reputazione dai pettegolezzi."
« Ces accusations peuvent très bien n'être que des
coïncidences. »
"Queste accuse potrebbero facilmente essere solo delle
coincidenze."
« Nombre de ces plaintes ne reposent même sur aucune
vérité. »
"Molte lamentele non hanno nemmeno un fondamento di
verità."
«Il est absent du bureau pendant presque toute l'année.»
"È fuori ufficio quasi tutto l'anno."
«Quelles chances a-t-il de défendre sa propre réputation ?»
"Quali possibilità ha di difendere la propria reputazione?"
«Il n'a même pas connaissance des accusations.»
"Non gli viene nemmeno detto delle accuse."
«Il découvre ce qui a été dit lorsqu'il est trop tard.»
"Scoprirà cosa è stato detto quando sarà troppo tardi."
« À ce stade, il est épuisé par le voyage de la journée. »
"A quel punto è esausto per il viaggio della giornata."
« Il devra de toute façon en subir les terribles conséquences.
»
"In ogni caso dovrà subire le terribili conseguenze."
« Même s'il n'a aucun moyen de comprendre le problème. »
"Anche se non ha modo di comprendere il problema."
« Oh, manager, ne partez pas sans me dire un mot. »
"Oh direttore, non se ne vada senza dirmi una parola."
«Dites-moi au moins que vous êtes d'accord avec moi en
partie.»
"Almeno dimmi che sei in parte d'accordo con me."

Mais le directeur s'était détourné de Gregor bien plus tôt.
Ma il direttore si era allontanato da Gregor molto prima.
Son épaule tressaillit lorsqu'il se retourna vers Gregor.
La sua spalla sussultò quando guardò di nuovo Gregor.
Et il n'est pas resté immobile une seule fois pendant tout son discours.
E non si è fermato nemmeno una volta durante il discorso.
Il se retournait vers Gregor, les lèvres pincées.
Aveva guardato Gregor con le labbra serrate.
Il reculait progressivement vers la porte.
Si stava ritirando gradualmente verso la porta.
Mais il ne pouvait pas non plus détacher son regard de Gregor.
Ma non riusciva a staccare gli occhi da Gregor.
Il avait l'impression qu'il lui était secrètement interdit de quitter la pièce.
Aveva la sensazione che ci fosse un divieto segreto di uscire dalla stanza.
Mais à ce stade, il se trouvait déjà dans le hall d'entrée.
Ma a questo punto era già nell'atrio.
Et soudain, il fit un mouvement vers la sortie.
E ora fece un movimento improvviso verso l'uscita.
Il tendit la main droite vers les escaliers.
Allungò la mano destra verso le scale.
Peut-être qu'une force surnaturelle attendait pour le sauver.
Forse una forza soprannaturale lo stava aspettando per salvarlo.
Gregor savait qu'il ne pouvait pas le laisser partir comme ça.
Gregor sapeva che non poteva permettergli di andarsene in quel modo.
Le manager ne doit pas revenir dans le même état d'esprit qu'avant.
Il direttore non deve tornare nello stesso stato d'animo in cui si trovava.
La sécurité de l'emploi de Gregor était fortement menacée.
La sicurezza del posto di lavoro di Gregor era seriamente a rischio.

Les parents ne comprenaient pas tout cela.

I genitori non riuscivano a comprendere appieno tutto questo.

Au fil des ans, ils s'étaient habitués à sa sécurité d'emploi.

Nel corso degli anni si erano abituati alla sicurezza del suo posto di lavoro.

Et ils étaient convaincus qu'il avait ce poste à vie.

E si erano convinti che lui avrebbe avuto quel posto per tutta la vita.

Au lieu de cela, ils s'étaient préoccupés d'autres soucis.

Invece erano diventati più impegnati con altre preoccupazioni.

Mais ces préoccupations leur ont fait perdre toute prévoyance.

Ma queste preoccupazioni li portarono a perdere ogni lungimiranza.

Gregor, cependant, n'avait pas perdu la clairvoyance de ses parents.

Gregor, tuttavia, non aveva perso la lungimiranza dei genitori.

Il a fallu que quelqu'un arrête le représentant autorisé.

Qualcuno doveva fermare il rappresentante autorizzato.

Il allait devoir le calmer et le convaincre.

Avrebbe dovuto calmarlo e convincerlo.

L'avenir de Gregor et de sa famille en dépendait !

Da questo dipendeva il futuro di Gregor e della sua famiglia!

Si seulement sa sœur intelligente avait été là pour l'aider.

Se solo la sorella intelligente fosse stata qui ad aiutarci.

Elle avait déjà pleuré alors que Gregor était encore dans sa chambre.

Aveva già pianto quando Gregor era ancora nella sua stanza.

À ce moment-là, il était simplement allongé tranquillement sur le dos.

A quel punto se ne stava tranquillamente sdraiato sulla schiena.

Elle connaissait déjà l'importance de la situation à ce moment-là.

Allora lei sapeva già l'importanza della situazione.

Le directeur était connu pour avoir un faible pour les femmes.

Il direttore aveva un debole ben noto per le donne.
**Elle aurait facilement pu le persuader de rester plus
longtemps.**
Avrebbe potuto facilmente convincerlo a restare più a lungo.
Elle aurait fermé la porte et l'aurait fait rentrer.
Avrebbe chiuso la porta e lo avrebbe fatto rientrare.
**Mais malheureusement, sa sœur était partie chercher un
médecin.**
Ma sfortunatamente la sorella era andata a chiamare un
medico.
**Gregor n'avait donc pas d'autre choix que de le faire lui-
même.**
Perciò Gregor non ebbe altra scelta che farlo lui stesso.
**Il n'avait pas réfléchi à quelles étaient réellement ses
capacités.**
Non aveva considerato quali fossero realmente le sue capacità.
Et il avait oublié de se méfier de sa capacité à parler.
E aveva dimenticato di diffidare della sua capacità di parlare.
Mais il a néanmoins quitté la sécurité de sa chambre.
Ma nonostante ciò, lasciò la sicurezza della sua stanza.
Et il se faufila par l'ouverture de la pièce.
E si spinse attraverso l'apertura della stanza.
Le directeur était déjà en train de descendre les escaliers.
Il direttore stava già scendendo le scale.
Mais il s'accrochait à la rambarde à deux mains.
Ma lui si teneva alla ringhiera con entrambe le mani.
Gregor tomba en se poussant à travers la porte.
Gregor cadde mentre si spingeva attraverso la porta.
Il laissa échapper un petit cri en cherchant un appui.
Emise un piccolo grido mentre cercava di aggrapparsi a
qualcosa.
Mais au lieu de paniquer, il a ressenti un bien-être physique.
Ma anziché provare panico, provò un benessere fisico.
**Pour la première fois ce matin-là, quelque chose semblait
juste.**
Per la prima volta quella mattina qualcosa sembrava giusto.
Il avait désormais toutes les jambes bien ancrées au sol.

Ora tutte le sue gambe avevano un terreno solido sotto di loro.

Il était surpris de constater à quel point il contrôlait bien ses jambes.

Rimase sorpreso dalla sua capacità di controllare le gambe.

Il était heureux de constater que ses jambes lui obéissaient parfaitement.

Fu felice di notare che le sue gambe gli obbedivano completamente.

En réalité, ses jambes le portaient partout où il le voulait.

Infatti le sue gambe lo portavano ovunque volesse.

Bientôt, tous ses chagrins allaient prendre fin.

Presto tutti i suoi dolori sarebbero finiti.

Mais au même moment, sa propre mère se leva d'un bond.

Ma nello stesso momento anche sua madre balzò in piedi.

Ses bras étaient tendus et ses doigts écartés.

Aveva le braccia tese e le dita aperte.

Et elle s'est écriée : « Au secours ! Au nom de Dieu, que quelqu'un m'aide ! »

E lei gridò: "Aiuto, per l'amor di Dio, qualcuno mi aiuti!"

Elle inclina la tête ; elle voulait mieux voir Gregor.

Inclinò la testa; voleva vedere meglio Gregor.

Mais contrairement à sa première action, elle est revenue en courant.

Ma, contrariamente alla prima azione, tornò indietro di corsa.

Elle avait oublié que la table était mise derrière elle.

Aveva dimenticato che il tavolo era apparecchiato dietro di lei.

Tout ce qui était prévu pour le petit-déjeuner était encore sur la table.

Tutto il necessario per la colazione era ancora sul tavolo.

Elle s'assit précipitamment sur la table, comme distraite.

Si sedette frettolosamente sul tavolo, come se fosse distratta.

Et elle n'a pas semblé remarquer le café renversé.

E non sembrava accorgersi del caffè rovesciato.

Le café était maintenant en train d'imbiber la moquette.

Il caffè che ormai stava impregnando il tappeto.

« Maman, maman », dit doucement Gregor en levant les yeux vers elle.

«Mamma, mamma», disse Gregor dolcemente, guardandola.
Pour le moment, le manager ne lui importait pas.
Per il momento il manager non era importante per lui.
Mais il y avait aussi le café qui coulait sur la moquette.
Ma c'era anche il caffè che gocciolava sul tappeto.
Gregor n'a pas pu s'empêcher de claquer des dents devant le café.
Gregor non poté resistere alla tentazione di schioccare le mascelle per il caffè.
La mère se remit à pleurer à cause de son comportement.
La madre ricominciò a piangere a causa del suo comportamento.
Elle a sauté de la table pour prendre ses distances avec lui.
Lei saltò giù dal tavolo per prendere le distanze da lui.
Et elle s'est réfugiée dans les bras de son père.
E corse tra le braccia del padre, per mettersi in salvo.
Mais Gregor n'avait plus de temps à consacrer à ses parents.
Ma Gregor non aveva più tempo da dedicare ai suoi genitori.
L'agent habilité se trouvait déjà dans l'escalier.
L'ufficiale autorizzato era già sulle scale.
Il avait le menton appuyé sur la rambarde, pour regarder à l'intérieur de la maison.
Aveva il mento appoggiato alla ringhiera per guardare dentro la casa.
Apparemment, il voulait jeter un dernier coup d'œil au spectacle.
A quanto pare voleva dare un'ultima occhiata allo spettacolo.
Et Gregor fit un dernier effort pour joindre le directeur.
E Gregor fece un ultimo tentativo per raggiungere il direttore.
Il courut vers la porte aussi prudemment qu'il le put.
Corse verso la porta nel modo più sicuro possibile.
Mais le chef de bureau devait se douter de quelque chose.
Ma il capo impiegato deve aver sospettato qualcosa.
Parce qu'il a descendu quelques marches et a disparu.
Perché saltò giù da diversi gradini e scomparve.
« Hein ! » s'écria Gregor, sa voix résonnant dans la cage d'escalier.

"Huh!" urlò Gregor, echeggiando nella tromba delle scale.

La fuite du manager sembla également déconcerter son père.

La fuga del direttore sembrò confondere anche suo padre.

Jusque-là, il était parvenu à garder son calme.

Fino a quel momento era riuscito a mantenere un certo controllo.

Mais malheureusement, lui aussi a perdu le sang-froid qu'il avait eu.

Ma purtroppo anche lui perse la compostezza che aveva avuto.

Il aurait dû aider Gregor dans sa quête.

Ciò che avrebbe dovuto fare era aiutare Gregor nella sua ricerca.

Mais, d'une main, il saisit la canne du directeur.

Ma lui afferrò il bastone da passeggio del direttore con una mano.

Et dans l'autre main, il tenait maintenant un journal.

E nell'altra mano teneva ora un giornale.

Et il entravait désormais directement Gregor dans sa poursuite.

E ora ostacolava direttamente Gregor nel suo inseguimento.

Il s'était placé entre Gregor et la rue.

Si era messo tra Gregor e la strada.

Il tapa du pied et agita le bâton et le journal.

Batté i piedi e agitò il bastone e il giornale.

Et il forçait activement Gregor à retourner dans sa chambre.

E stava costringendo Gregor a tornare nella sua stanza.

Aucune des demandes formulées par Gregor n'a été utile.

Nessuna delle richieste che Gregor provò a fare ebbe successo.

Parce qu'aucune de ses demandes n'a été comprise.

Perché nessuna delle richieste da lui avanzate venne compresa.

Il tourna la tête vers un angle plus profond et plus humble.

Girò la testa verso un'angolazione più profonda e umile.

Mais son père répondit en tapant du pied encore plus fort.

Ma il padre rispose battendo i piedi ancora più forte.

La mère ouvrit une fenêtre, malgré la fraîcheur ambiante.

La madre aprì una finestra, nonostante il clima fresco.
Et elle enfouit son visage dans ses mains froides.
E si premette il viso tra le mani per il freddo.
Le vent pouvait désormais traverser tout l'appartement.
Ora il vento poteva attraversare tutto l'appartamento.
Un fort courant d'air soufflait de l'escalier vers la ruelle.
Una forte corrente d'aria soffiava dalla scala verso il vicolo.
Les rideaux claquaient sous l'effet du vent violent.
Le tende svolazzavano a causa del forte vento.
Et le journal posé sur la table bruissait dans le vent.
E il giornale sul tavolo frusciava nel vento.
Même des feuilles ont été soufflées à l'intérieur de la maison depuis l'extérieur.
Anche alcune foglie sono state trasportate dall'esterno all'interno della casa.
Le père tapa du pied et poussa sans relâche.
Il padre batteva i piedi e spingeva senza sosta.
Et il sifflait et émettait des bruits comme un homme sauvage.
E sibilò e fece rumori come avrebbe fatto un selvaggio.
Mais Gregor ne s'était pas encore entraîné à marcher à reculons.
Ma Gregor non aveva ancora imparato a camminare all'indietro.
Même Gregor admettrait que ce mouvement était beaucoup plus lent.
Anche Gregor ammetterebbe che questo movimento era molto più lento.
Tout ce qu'il souhaitait, c'était avoir la possibilité de faire demi-tour.
Tutto ciò che voleva, però, era l'opportunità di voltarsi.
Il serait alors allé directement dans sa chambre.
Poi sarebbe andato subito nella sua stanza.
Mais il avait trop peur d'impatienter son père.
Ma aveva troppa paura di rendere impaziente suo padre.
Et il y avait la menace d'un coup de bâton.
E c'era la minaccia di un colpo con il bastone.

Un tel coup à l'arrière de la tête pourrait être fatal.
Un colpo del genere alla nuca potrebbe essere fatale.
Mais finalement, Gregor n'avait pas d'autre choix.
Ma alla fine Gregor non ebbe altra scelta.
Il s'est rendu compte qu'il ne pouvait même plus marcher droit à reculons.
Si rese conto che non riusciva nemmeno a camminare all'indietro dritto.
Il commença à se retourner aussi vite qu'il le put.
Iniziò a girarsi il più velocemente possibile.
Mais en réalité, ce mouvement de rotation était tout aussi lent.
Ma in realtà questo movimento di svolta era altrettanto lento.
Et il fut suivi des regards anxieux du père.
E lo seguivano gli sguardi ansiosi del padre.
Peut-être le père avait-il remarqué les bonnes intentions de Gregor.
Forse il padre notò le buone intenzioni di Gregor.
Parce qu'il ne l'a pas empêché de se retourner.
Perché non gli impediva di voltarsi.
Il a même utilisé le bout de son bâton pour guider la rotation.
Usò perfino la punta del suo bastone per guidare la rotazione.
Mais Gregor aurait préféré que son père ne lui ait pas sifflé dessus !
Ma Gregor avrebbe voluto che il padre non gli avesse sibilato contro!
Le sifflement ne fit qu'ajouter à la confusion du moment.
Il sibilo non fece che aumentare la confusione del momento.
Puis il a commis une erreur et a tourné dans la mauvaise direction.
Poi ha commesso un errore e ha svoltato nella direzione sbagliata.
Finalement, il a réussi à se tourner dans la bonne direction.
Alla fine riuscì finalmente a guardare nella direzione giusta.
Et il était satisfait des progrès qu'il avait accomplis.
Ed era soddisfatto dei progressi fatti.

Mais un autre problème est alors devenu encore plus évident.

Ma poi il problema successivo divenne ancora più evidente.

Son corps était trop large pour passer facilement la porte.

Il suo corpo era troppo largo per passare facilmente attraverso la porta.

Dans son état actuel, le père ne s'en est pas aperçu.

Nel suo stato attuale il padre non se ne accorse.

Il ne lui vint donc pas à l'esprit d'ouvrir davantage la porte.

Perciò non gli venne in mente di aprire ulteriormente la porta.

Il y aurait alors eu suffisamment de place pour Gregor.

Allora ci sarebbe stato abbastanza spazio per Gregor.

Sa seule priorité était de faire entrer Gregor dans sa chambre.

La sua unica priorità era far entrare Gregor nella sua stanza.

Il aurait dû se lever pour passer la porte.

Avrebbe dovuto alzarsi in piedi per passare attraverso la porta.

Mais le père n'aurait pas permis une telle manœuvre.

Ma il padre non avrebbe permesso una simile manovra.

En fait, il le sifflait encore plus sauvagement qu'avant.

In realtà gli stava sibilando contro ancora più selvaggiamente di prima.

On aurait dit qu'il y avait plus d'un homme qui lui sifflait dessus.

Sembrava che a sibilargli contro fosse più di un uomo.

Ses revendications semblaient revêtir une nouvelle urgence.

Le sue richieste sembravano assumere una nuova urgenza.

Il n'y avait vraiment plus de temps à perdre.

Ormai non c'era più tempo per perdere tempo.

Quoi qu'il arrive, Gregor devait franchir la porte.

Qualunque cosa accadesse, Gregor doveva attraversare la porta.

Il s'est imposé sans aucun égard pour lui-même.

Si è spinto oltre senza alcun rispetto per se stesso.

Un côté de son corps fut projeté vers le haut par le mouvement.

Un lato del suo corpo fu spinto verso l'alto dal movimento.

Et il était allongé de travers, maladroitement, dans l'embrasure de la porte.

E giaceva goffamente e storto tra la porta.

Un de ses flancs était à vif à cause du frottement contre le bois.

Uno dei suoi fianchi era scorticato contro il legno.

Et il avait laissé des taches disgracieuses sur la porte peinte en blanc.

E aveva lasciato delle brutte macchie sulla porta dipinta di bianco.

Les jambes d'un de ses côtés pendaient en tremblant dans le vide.

Le gambe di uno dei suoi fianchi pendevano tremanti nell'aria.

Ses autres jambes étaient douloureusement enfoncées dans le sol.

Le altre gambe erano dolorosamente premute sul pavimento.

Bientôt, il allait se retrouver complètement coincé entre la porte et le mur.

Presto sarebbe rimasto completamente incastrato tra le porte.

Et alors, il n'aurait plus pu bouger du tout.

E allora non sarebbe stato in grado di muoversi affatto.

Mais le père lui a donné une forte impulsion véritablement libératrice.

Ma il padre gli diede una spinta davvero liberatoria.

Et il tomba, ensanglanté, loin dans sa chambre.

E cadde, sanguinando copiosamente, nella sua stanza.

Le père claqua la porte derrière lui avec sa canne.

Il padre sbatté la porta dietro di sé con il bastone.

Et puis, enfin, le calme et la tranquillité revinrent.

E poi finalmente tornò un po' di pace e tranquillità.

Deuxième partie
Parte seconda

Gregor ne s'est réveillé que bien plus tard dans la journée.
Gregor si svegliò solo molto più tardi.
Le crépuscule était tombé ; il avait dormi profondément, inconsciemment.
Era calato il crepuscolo; aveva dormito profondamente e in modo incosciente.
Il se serait réveillé même sans avoir été dérangé.
Si sarebbe svegliato anche senza essere disturbato.
Parce qu'il se sentait suffisamment reposé et avait bien dormi.
Perché si sentiva sufficientemente riposato e aveva dormito bene.
Mais il crut entendre quelques pas furtifs à l'extérieur.
Ma gli sembrò di sentire dei passi fugaci all'esterno.
Et quelqu'un aurait pu refermer soigneusement la porte d'entrée.
E qualcuno potrebbe aver chiuso con cura la porta d'ingresso.
La lumière du tramway électrique se projetait faiblement au plafond.
La luce del tram elettrico era pallida sul soffitto.
Le dessus du meuble a également reçu un peu de lumière.
Anche la parte superiore del mobile riceveva un po' di luce.
Mais en bas, au niveau de Gregor, il faisait sombre.
Ma laggiù, all'altezza di Gregor, era buio.
Ses jambes le poussèrent lentement de nouveau vers la porte.
Le sue gambe lo spinsero lentamente di nuovo verso la porta.
Il était très curieux de voir ce qui s'était passé là-bas.
Era molto curioso di vedere cosa fosse successo lì.
Mais le contrôle de ses antennes n'était pas encore développé.
Ma il suo controllo dei sensori non era ancora sviluppato.
Bien qu'il ait commencé à apprécier ces nouveaux capteurs.
Sebbene avesse iniziato ad apprezzare questi nuovi sensori.

Une longue et disgracieuse cicatrice semblait lui barrer le flanc gauche.

Una lunga e sgradevole cicatrice sembrava percorrergli il fianco sinistro.

La cicatrice lui donnait l'impression de contracter ce côté de son corps.

Sembrava che la cicatrice gli stringesse quel lato del corpo.

Il devait donc littéralement boiter en s'appuyant sur ses deux rangées de pattes.

E così dovette letteralmente zoppicare sulle sue due file di zampe.

L'une de ses jambes avait été grièvement blessée ce matin-là.

Quella mattina una delle sue gambe era rimasta gravemente ferita.

C'était vraiment un miracle qu'il ne se soit pas cassé plus de jambes.

Fu davvero un miracolo che non si fosse rotto altre gambe.

Et il traîna donc sa jambe blessée, inerte, derrière lui.

E così si trascinò dietro la gamba ferita, ormai senza vita.

Lorsqu'il atteignit la porte, il réalisa quelque chose de profond.

Quando arrivò alla porta, si rese conto di qualcosa di profondo.

C'était l'odeur de quelque chose qui l'avait attiré là.

Era l'odore di qualcosa che lo aveva attirato lì.

Quelque chose de comestible avait été laissé pour Gregor dans sa chambre.

Nella sua stanza era stato lasciato qualcosa di commestibile per Gregor.

Des morceaux de pain blanc flottant dans un bol de lait sucré.

Pezzi di pane bianco che galleggiano in una ciotola di latte dolce.

Il pouvait à peine contenir la joie qui l'habitait.

Non riusciva quasi a contenere la gioia che provava dentro di sé.

Il avait encore plus faim maintenant que le matin.

Adesso aveva ancora più fame di quella mattina.

Il plongea aussitôt la tête dans le bol de lait.

Immerse subito la testa nella ciotola del latte.

Le lait lui recouvrait presque toute la tête, jusqu'aux yeux.

Il latte gli usciva dalla testa fino agli occhi.

Mais il a rapidement retiré sa tête, amèrement déçu.

Ma subito ritirò la testa, amaramente deluso.

L'alimentation était difficile en raison de la fragilité de son côté gauche.

Mangiare era difficile a causa del suo lato sinistro delicato.

Et il ne pouvait manger qu'en haletant de tout son corps.

E riusciva a mangiare solo ansimando con tutto il corpo.

Mais ce n'était pas la véritable raison de sa déception.

Ma non era questa la vera ragione della sua delusione.

Le lait avait toujours été l'un de ses plats préférés.

Il latte era sempre stato uno dei suoi piatti preferiti.

Il ne doutait pas que sa sœur s'en souvenait.

Non aveva dubbi che sua sorella se ne ricordasse.

Et c'est pour cela qu'elle lui avait donné du lait.

Ed era per questo che gli aveva dato il latte.

Il n'a pas su expliquer pourquoi il n'aimait plus le lait.

Non era in grado di spiegare perché ora non gli piaceva più il latte.

Et il se détourna du bol presque à contrecœur.

E si allontanò dalla ciotola quasi con riluttanza.

Déçu, il retourna en rampant au milieu de la pièce.

Deluso, tornò strisciando al centro della stanza.

De là, il pouvait voir à travers la fente de la porte.

Qui riuscì a vedere attraverso la fessura della porta.

Il pouvait voir que le feu était allumé dans le salon.

Poteva vedere che il fuoco nel soggiorno era acceso.

Habituellement, à cette heure-ci, le père lisait le journal.

Di solito a quest'ora il padre leggeva il giornale.

Il avait toujours l'habitude de lire à sa mère à voix haute.

Lui era solito leggere alla madre a voce alta.

Parfois, la sœur écoutait aussi les conversations du père.

A volte anche la sorella ascoltava il padre.

Elle avait toujours parlé à Gregor de ces lectures à voix haute.

Aveva sempre raccontato ad alta voce a Gregor di questa lettura.

Mais aujourd'hui, aucun son ne provenait de la pièce.

Ma oggi non proveniva alcun suono dalla stanza.

Peut-être cette habitude s'était-elle déjà perdue.

Forse questa abitudine era già caduta in disuso.

Un silence profond s'était installé dans tout l'appartement.

Un profondo silenzio era calato sull'intero appartamento.

Bien qu'il sût que l'appartement n'était certainement pas vide.

Sebbene sapesse che l'appartamento non era certamente vuoto.

« Quelle vie tranquille mène cette famille », pensa Gregor.

"Che vita tranquilla conduceva la famiglia", pensò Gregor.

Et il fixa l'obscurité avec une grande fierté.

E fissava l'oscurità con grande orgoglio.

Il était fier de la vie qu'il avait pu leur offrir.

Era orgoglioso della vita che era riuscito a dare loro.

Il était fier du bel appartement qu'ils occupaient.

Era orgoglioso del bellissimo appartamento in cui vivevano.

Mais cette paix était-elle sur le point de connaître une fin tragique ?

Ma tutta questa pace stava per finire in modo terribile?

Allait-on leur ravir leur prospérité ?

La loro prosperità sarebbe stata loro sottratta?

Leur bonheur était-il désormais incertain pour l'avenir ?

La loro soddisfazione futura era ormai incerta?

Mais il ne voulait pas se perdre dans de telles pensées.

Ma non voleva perdersi in tali pensieri.

Pour s'occuper, il grimpait et descendait les murs.

Per tenersi occupato, strisciava su e giù lungo i muri.

Durant cette longue soirée, une porte était entrouverte.

Durante la lunga serata una porta rimase leggermente aperta.

Et à un autre moment, l'autre porte s'ouvrit légèrement.

E un'altra volta l'altra porta si aprì un po'.

Mais à chaque fois, les portes se sont refermées aussitôt.
Ma entrambe le volte le porte vennero subito richiuse.
De toute évidence, quelqu'un à l'extérieur souhaitait entrer.
Era chiaro che qualcuno dall'esterno desiderava entrare.
Mais ils avaient aussi trop d'inquiétudes à l'idée de venir.
Ma avevano anche troppe preoccupazioni riguardo al loro
arrivo.
Gregor s'arrêta alors net devant la porte du salon.
Gregor si fermò proprio davanti alla porta del soggiorno.
**Il était déterminé à trouver un moyen de tenter le visiteur
hésitant.**
Era determinato a tentare in qualche modo il visitatore
esitante.
Il voulait aussi savoir qui était le visiteur.
E voleva anche sapere chi era stato il visitatore.
Mais ce soir-là, la porte ne fut pas ouverte une troisième fois.
Ma quella sera la porta non venne aperta una terza volta.
**Et Gregor passa son temps à attendre en vain près de la
porte.**
E Gregor trascorse invano il suo tempo ad aspettare sulla
porta.
**Plus tôt dans la journée, ils avaient tous voulu entrer dans la
pièce.**
Quel giorno tutti volevano entrare nella stanza.
**Maintenant que les portes étaient déverrouillées, ce serait
plus facile pour eux.**
Ora che le porte erano sbloccate, sarebbe stato più facile per
loro.
Mais ils ont choisi de rester de l'autre côté de la pièce.
Ma scelsero di restare dall'altra parte della stanza.
**Gregor remarqua que les clés n'étaient plus dans leurs
serrures.**
Gregor notò che le chiavi non erano più nelle serrature.
Quelqu'un a dû déplacer les clés vers la serrure extérieure.
Qualcuno deve aver spostato le chiavi nella serratura esterna.
**Ce n'est que tard dans la nuit que la lumière du salon était
éteinte.**
éteinte.

Solo a tarda notte la luce del soggiorno veniva spenta.

La famille a dû rester éveillée tout ce temps.

La famiglia deve essere rimasta sveglia per tutto il tempo.

Et Gregor pouvait clairement les entendre s'éloigner sur la pointe des pieds.

E Gregor li sentiva chiaramente allontanarsi in punta di piedi.

Désormais, personne n'allait venir voir Gregor avant le lendemain matin.

Ora nessuno sarebbe andato da Gregor fino al mattino.

Il eut donc tout le temps d'être seul, de réfléchir en toute tranquillité.

Così ebbe molto tempo per sé, per pensare indisturbato.

Quelle serait la meilleure façon de réorganiser sa vie maintenant ?

Quale sarebbe il modo migliore per riorganizzare la sua vita adesso?

Mais les hauts murs de la pièce vide l'effrayaient.

Ma le alte pareti della stanza vuota lo spaventavano.

Il n'avait pas d'autre choix que de s'allonger à plat ventre sur le sol.

Non ebbe altra scelta che sdraiarsi a terra.

Et il n'a jamais trouvé la cause de sa peur dans cet espace.

E non trovò mai la causa della sua paura in quello spazio.

C'était la même pièce où il avait vécu pendant cinq ans.

Era la stessa stanza in cui aveva vissuto per cinque anni.

Semi-consciemment, il fit un mouvement vers le canapé.

Senza rendersene conto, fece un movimento verso il divano.

Et sans aucune honte, il se cacha sous le canapé.

E senza alcuna vergogna si nascose sotto il divano.

Là-bas, il se sentit immédiatement de nouveau très à l'aise.

Laggiù si sentì subito di nuovo molto a suo agio.

Bien que son dos soit un peu comprimé.

Nonostante avesse la schiena un po' schiacciata.

Il ne pouvait plus non plus lever la tête sous le canapé.

Non riusciva più ad alzare la testa nemmeno sotto il divano.

Mais même cela, il préférait éviter de se trouver dans un espace ouvert.

Ma preferiva anche questo piuttosto che trovarsi in uno spazio aperto.

Il regrettait toutefois que son corps soit si large.

Tuttavia, si rammaricava che il suo corpo fosse così largo.

Le canapé ne pouvait pas recouvrir entièrement son corps.

Il divano non riusciva a coprire completamente tutto il suo corpo.

Il est resté sous le canapé toute la nuit.

Rimase sotto il divano per tutta la notte.

Il passa la nuit à moitié endormi, troublé par sa faim.

Trascorse la notte mezzo addormentato, disturbato dalla fame.

Et le temps qu'il passait éveillé, il le consacrait soit à s'inquiéter, soit à espérer.

E il tempo trascorso sveglio lo trascorreva o preoccupato o speranzoso.

Mais tous ses vagues espoirs menaient à la même conclusion.

Ma tutte le sue vaghe speranze portarono alla stessa conclusione.

Il n'avait d'autre choix que de rester silencieux pour le moment.

Per il momento non aveva altra scelta che restare in silenzio.

Il devait faire preuve de patience et de considération envers la famille.

Doveva mostrare pazienza e considerazione verso la famiglia.

C'était le seul moyen de rendre ce désagrément supportable.

Era l'unico modo per rendere sopportabile l'inconveniente.

Le désagrément qu'il imposait désormais à la famille.

L'inconveniente che ora stava imponendo alla famiglia.

Il n'a pas eu à attendre longtemps pour prouver sa compassion.

Non dovette aspettare molto per dimostrare la sua compassione.

Tôt le matin, sa sœur jeta un coup d'œil dans sa chambre.

La mattina presto la sorella guardò nella sua stanza.

En réalité, c'était autant la nuit que le matin.

Anche se in realtà era tanto notte quanto mattina.

Elle était entièrement habillée et semblait éprouver de l'excitation.
Era completamente vestita e sembrava mostrare eccitazione.
La solidité de sa décision nouvellement prise pourrait être mise à l'épreuve.
La solidità della sua nuova decisione potrebbe essere messa alla prova.
Elle ne l'a pas immédiatement repéré au premier coup d'œil.
Non lo riconobbe subito al primo sguardo.
Il devait forcément être quelque part ; il n'aurait pas pu s'envoler.
Doveva essere da qualche parte; non poteva essere volato via.
Puis son regard parcourut une seconde fois la pièce.
Ma poi i suoi occhi percorsero di nuovo la stanza.
Et cette fois, elle a aperçu son torse sous le canapé.
E questa volta notò il suo torso sotto il divano.
Elle était si effrayée qu'elle a perdu tout contrôle d'elle-même.
Era così spaventata che perse ogni controllo.
Et sa première réaction fut de claquer la porte à nouveau.
E la sua prima reazione fu quella di sbattere di nuovo la porta.
Mais elle a aussi semblé immédiatement regretter son comportement.
Ma sembrò anche pentirsi subito del suo comportamento.
Aussitôt qu'elle eut claqué la porte, elle la rouvrit.
Non appena sbatté la porta, la riaprì.
Et cette fois, elle entra dans la pièce sur la pointe des pieds.
E questa volta entrò nella stanza in punta di piedi.
Elle se déplaçait comme si elle rendait visite à une personne gravement malade.
Si muoveva come se stesse visitando una persona gravemente malata.
Ou bien elle rendait visite à un parfait inconnu.
Oppure potrebbe essere andata a trovare un perfetto sconosciuto.
Gregor poussa sa tête presque jusqu'au bord du canapé.
Gregor spinse la testa quasi fino al bordo del divano.

Et, caché sous le coffre-fort, il l'observait dans la pièce.
E da sotto la cassaforte la osservava nella stanza.
Allait-elle remarquer qu'il avait oublié le lait ?
Si sarebbe accorta che lui aveva lasciato il latte?
Il n'avait pas laissé le lait par manque de faim.
Non aveva abbandonato il latte perché non aveva fame.
Allait-elle lui apporter un autre plat ?
Avrebbe dovuto portargli del cibo diverso?
Peut-être un plat qui corresponde mieux à ses goûts.
Forse un piatto che si adattava meglio ai suoi gusti.
Mais elle aurait dû remarquer elle-même son appétit.
Ma lei stessa avrebbe dovuto accorgersi del suo appetito.
Il aurait préféré mourir de faim plutôt que de lui en parler.
Avrebbe preferito morire di fame piuttosto che farglielo
sapere.
En réalité, il aurait beaucoup aimé le lui dire.
In realtà gli sarebbe piaciuto molto dirglielo.
Il était vraiment tenté de tirer sur lui depuis sous le canapé.
Era davvero tentato di sparare fuori da sotto il divano.
Il avait envie de se jeter aux pieds de sa sœur.
Voleva gettarsi ai piedi della sorella.
Et il voulait lui demander quelque chose de bon à manger.
E voleva chiederle qualcosa di buono da mangiare.
Mais la sœur regarda alors le bol de lait.
Ma poi la sorella guardò verso la ciotola del latte.
Elle remarqua aussitôt que le bol était encore plein.
Notò subito che la ciotola era ancora piena.
Elle était plutôt surprise que Gregor n'ait rien mangé.
Era piuttosto sorpresa che Gregor non avesse mangiato nulla.
Seul un peu de lait avait été renversé sur le sol.
Sul pavimento era caduto solo un po' di latte.
Elle a aussitôt ramassé le bol et l'a emporté.
Prese subito la ciotola e la portò fuori.
Il vit qu'elle ne ramassait pas le bol à mains nues.
Vide che non prendeva la ciotola a mani nude.
Au lieu de cela, elle ramassa le bol à l'aide d'un des chiffons.
Invece raccolse la ciotola usando uno degli stracci.

Mais Gregor oublia très vite ce petit détail.

Ma Gregor dimenticò molto presto questo piccolo dettaglio.

Il était désormais beaucoup plus enthousiaste à propos d'autre chose.

Ora era molto più eccitato per qualcos'altro.

Qu'est-ce qu'elle pourrait apporter à la place du lait ?

Cosa potrebbe portare in sostituzione del latte?

Il avait diverses idées sur ce qu'elle pourrait apporter.

Aveva vari pensieri su cosa avrebbe potuto portare.

Mais la gentillesse de sa sœur a dépassé ses espérances.

Ma la gentilezza della sorella superò le sue aspettative.

Elle comprit qu'elle devait tester ses nouveaux goûts.

Si rese conto che doveva testare i suoi nuovi gusti.

Elle a donc apporté toute une sélection de plats différents.

Così portò un'ampia scelta di cibi diversi.

Légumes à moitié pourris, os du repas du soir.

Verdure mezze marce, ossa della cena.

De la sauce solidifiée provenant de leur autre repas.

Salsa solidificata dell'altro pasto che avevano mangiato.

Quelques raisins secs, des amandes, du pain sec, du pain beurré.

Un po' di uvetta, qualche mandorla, pane secco, pane al burro.

Du pain beurré et salé.

Del pane imburrato e salato.

Du fromage que Gregor avait déclaré immangeable il y a deux jours.

Formaggio che Gregor aveva dichiarato immangiabile due giorni prima.

Toute cette sélection de nourriture était disposée sur un journal.

Tutta questa selezione di cibo è stata pubblicata su un giornale.

Elle a également placé un bol d'eau à côté de ses repas.

E mise anche una ciotola d'acqua accanto ai suoi pasti.

Elle savait que Gregor n'aurait pas mangé devant elle.

Sapeva che Gregor non avrebbe mangiato davanti a lei.

Par respect pour lui, elle quitta de nouveau la pièce.

Così, per rispetto nei suoi confronti, lasciò di nuovo la stanza.

Et elle a même tourné la clé dans la serrure en partant.

E girò perfino la chiave nella serratura mentre usciva.

Mais elle tourna la clé très doucement et avec précaution.

Ma girò la chiave molto silenziosamente e con cautela.

De cette façon, seul Gregor saurait que la porte était verrouillée.

In questo modo solo Gregor avrebbe saputo che la porta era chiusa a chiave.

Il pouvait désormais s'installer aussi confortablement qu'il le souhaitait.

Ora poteva mettersi comodo quanto voleva.

Les jambes de Gregor s'agitaient frénétiquement à l'heure du repas.

Quando arrivò il momento di mangiare, le gambe di Gregor ronzavano.

Il est à noter qu'il ne ressentait plus aucune gêne.

È degno di nota il fatto che non provasse più alcun fastidio.

Ses blessures doivent déjà être complètement guéries.

Le sue ferite devono essere già completamente guarite.

Parce qu'il ne ressentait plus ses anciens handicaps.

Perché non sentiva più le sue precedenti disabilità.

Sa nouvelle capacité de guérison le surprit et l'émerveilla.

La sua nuova capacità di guarire lo sorprese e lo stupì.

Il y a plus d'un mois, il s'est coupé le doigt avec un couteau.

Più di un mese fa si è tagliato un dito con un coltello.

Il y a encore deux jours, cette blessure le faisait souffrir.

Fino a due giorni fa quella ferita gli faceva ancora male.

« Suis-je beaucoup moins sensible maintenant ? » pensa-t-il.

"Sono molto meno sensibile adesso?" pensò tra sé.

À ce moment-là, il suçait déjà goulûment le fromage.

A questo punto stava già succhiando avidamente il formaggio.

Il était plus attiré par le fromage que par les autres aliments.

Era attratto dal formaggio più che dagli altri alimenti.

Il mangeait rapidement un morceau de fromage après l'autre.

Mangiò velocemente un pezzo di formaggio dopo l'altro.

Ses yeux s'embuèrent de satisfaction à la vue de ce goût.
I suoi occhi si riempirono di lacrime di soddisfazione per il sapore.
Après le fromage, il mangea les légumes et la sauce.
Dopo il formaggio mangiò le verdure e la salsa.
Cependant, les aliments frais ne lui plaisaient pas.
Tuttavia il cibo fresco non gli piaceva.
En fait, il ne supportait même pas l'odeur des aliments frais.
In realtà non sopportava nemmeno l'odore del cibo fresco.
Il a même éloigné les autres aliments des aliments frais.
Trascinava via anche gli altri alimenti da quelli freschi.
Et il a très vite terminé la nourriture la plus comestible.
E molto rapidamente finì il cibo più commestibile.
Tous ces mets délicieux avaient un effet soporifique sur lui.
Tutto quel cibo delizioso aveva su di lui un effetto soporifero.
Et il s'allongea paresseusement à l'endroit où il avait mangé.
E si sdraiò pigramente nel posto dove aveva mangiato.
Finalement, sa sœur est revenue prendre de ses nouvelles.
Alla fine sua sorella tornò a controllare di nuovo come stava.
Elle a eu la prévoyance de tourner la clé très lentement.
Ebbe la lungimiranza di girare la chiave molto lentamente.
Cela a averti Gregor qu'il devait se retirer.
Ciò diede a Gregor l'avvertimento di ritirarsi.
Étourdi et surpris, il se précipita sous le canapé.
Stordito e spaventato, tornò di corsa sotto il divano.
Mais rester sous le canapé n'était pas si facile cette fois-ci.
Ma questa volta restare sotto il divano non è stato così facile.
Son corps s'était un peu arrondi à cause de toute cette nourriture.
Il suo corpo era diventato un po' arrotondato a causa di tutto quel cibo.
Et il devait se retenir pour ne pas s'épuiser à nouveau.
E dovette controllarsi per non scappare di nuovo.
Même si la sœur n'est pas restée longtemps dans la chambre.
Anche se la sorella non rimase a lungo nella stanza.
Il avait du mal à respirer dans cet espace étroit.
Faceva fatica a respirare in quello spazio angusto.

Mais il a surmonté ces petites crises d'étouffement.
Ma riuscì a superare i piccoli attacchi di soffocamento.
Les yeux exorbités, il observait les agissements de sa sœur.
Con gli occhi sbarrati osservava le attività della sorella.
La sœur, sans se douter de rien, a tout versé dans un seau.
La sorella ignara versò tutto in un secchio.
Elle s'est non seulement débarrassée de la nourriture que Gregor n'avait pas mangée, mais elle l'a fait.
Non solo si sbarazzò del cibo che Gregor non aveva mangiato.
Mais elle jetait aussi la nourriture qu'il n'avait pas touchée.
Ma si sbarazzò anche del cibo che lui non aveva toccato.
Apparemment, cet aliment n'était plus comestible pour personne.
A quanto pare quel cibo non era più commestibile per nessuno.
Elle referma ensuite le seau à nourriture avec un couvercle en bois.
Poi chiuse il secchio del cibo con un coperchio di legno.
Et avec la nourriture, le seau et la serpillière, elle est partie.
E con il cibo, il secchio e lo straccio, se ne andò.
Gregor n'aurait pas pu attendre beaucoup plus longtemps.
Gregor non avrebbe potuto aspettare ancora a lungo.
Dès qu'elle fut partie, il s'échappa de sous le canapé.
Non appena lei se ne fu andata, lui scappò da sotto il divano.
Il s'étira et souffla de soulagement.
E si stirò e sbuffò di sollievo.
C'est ainsi que Gregor recevait de la nourriture de temps à autre.
Era così che Gregor riceveva il cibo di tanto in tanto.
Sa sœur lui a donné à manger une fois, tôt le matin.
Una volta, la mattina presto, sua sorella gli diede da mangiare.
À cette heure-ci, les parents et la bonne dormaient encore.
A quell'ora i genitori e la domestica dormivano ancora.
Et il a reçu un deuxième repas après le déjeuner de tout le monde.
E ricevette un secondo pasto dopo che tutti ebbero pranzato.
Car à ce moment-là, les parents dormaient aussi un peu.

Perché a quell'ora anche i genitori dormivano per un po'.
Et la servante fut envoyée par la sœur faire une course.
E la cameriera fu mandata via dalla sorella per una
commissione.
**Ils n'avaient certainement aucune intention de laisser
Gregor mourir de faim.**
Di certo non avevano intenzione di far morire di fame Gregor.
Mais ils n'auraient pas voulu le regarder manger non plus.
Ma non avrebbero voluto nemmeno vederlo mangiare.
Les informations fournies par la sœur étaient suffisantes.
Ciò che la sorella ha menzionato era un'informazione
sufficiente.
**C'était peut-être sa façon d'épargner aux parents leur
chagrin.**
Forse era il suo modo di risparmiare il dolore ai genitori.
Ils avaient déjà suffisamment souffert de ses actes.
Avevano già sofferto abbastanza a causa delle sue azioni.

Le premier jour s'estompait peu à peu dans les mémoires.
Il primo giorno stava lentamente diventando un lontano
ricordo.
**Gregor n'avait aucun moyen de savoir ce qui s'était passé ce
jour-là.**
Gregor non aveva modo di sapere cosa fosse successo quel
giorno.
**Comment le serrurier a-t-il été conduit hors de l'appartement
?**
Come è stato guidato il fabbro fuori dall'appartamento?
Quelles excuses ont finalement satisfait le médecin ?
Con quali scuse il medico fu finalmente soddisfatto?
Il n'avait trouvé aucun moyen de se faire comprendre.
Non aveva trovato alcun modo per farsi capire.
Il n'a même pas réussi à communiquer avec sa sœur.
Non è riuscito nemmeno a comunicare con sua sorella.
Ils en conclurent donc qu'il ne pouvait pas les comprendre.
E così pensavano che non potesse capirli.
C'est pourquoi aucun effort ne fut fait pour lui parler.

E quindi non fu fatto alcun tentativo di parlargli.

Sa sœur venait dans sa chambre tous les matins et à midi.

Sua sorella veniva nella sua stanza ogni mattina e a pranzo.

Mais il devait se contenter d'entendre ses soupirs.

Ma dovette accontentarsi di sentire i suoi sospiri.

Plus tard, elle s'est un peu plus habituée à la forme de Gregor.

Più tardi si abituò un po' di più alla forma di Gregor.

Et elle se sentait un peu plus libre de faire davantage de remarques.

E si sentì un po' più libera di fare più osservazioni.

(Même si elle ne s'y habituerait jamais complètement.)

(Sebbene non si sarebbe mai abituata completamente a lui.)

Et puis Gregor eut de nouveau l'impression qu'on lui parlait un peu plus.

E poi Gregor si sentì di nuovo un po' più interpellato.

Et il a perçu ce qu'il considérait comme des commentaires amicaux.

E colse quelli che percepiva come commenti amichevoli.

"Il a apprécié son repas aujourd'hui", ou "il a tout mangé".

"Oggi gli è piaciuto il cibo" oppure "ha mangiato tutto".

Mais cela n'arrivait que lorsqu'il avait fini de manger.

Ma questo accadde solo dopo aver finito tutto il cibo.

Mais récemment, cela devenait de plus en plus rare.

Ma ultimamente questo fenomeno stava diventando sempre più raro.

« Il touchait à peine à sa nourriture », disait-elle plus souvent maintenant.

"Non toccava quasi mai il cibo", diceva più spesso ora.

Et il y avait une pointe de tristesse dans sa voix à chaque fois.

E ogni volta c'era un tocco di tristezza nella sua voce.

Gregor ne pouvait entendre aucune autre nouvelle plus directement.

Gregor non riuscì a sentire altre notizie in modo più diretto.

Mais il a entendu beaucoup de choses se dire dans les pièces voisines.

Ma sentì molte notizie provenire dalle stanze adiacenti.

Lorsqu'il a entendu des voix, il a couru vers la porte correspondante.

Quando sentì delle voci corse alla porta corrispondente.

Et il a plaqué tout son corps contre la porte pour entendre.

E premette tutto il corpo contro la porta per sentire.

Toutes les conversations le concernaient d'une manière ou d'une autre.

Tutte le conversazioni lo riguardavano in un modo o nell'altro.

Même lorsque le sujet semblait porter sur autre chose.

Anche quando l'argomento sembrava riguardare qualcos'altro.

Cette observation était particulièrement vraie au début.

Questa osservazione era particolarmente vera nei primi tempi.

À chaque repas, ils répétaient la même discussion.

Durante ogni pasto ripetevano la stessa discussione.

Ils ne savaient toujours pas comment se comporter en sa présence.

Non sapevano ancora come comportarsi con lui.

Mais le même sujet a également été abordé entre les repas.

Ma lo stesso argomento veniva discusso anche tra un pasto e l'altro.

Parce qu'il y avait toujours deux membres de la famille à la maison.

Perché in casa c'erano sempre due membri della famiglia.

Personne ne voulait rester seul à la maison.

Nessuno voleva restare in casa da solo.

Mais laisser l'appartement vide était également hors de question.

Ma lasciare l'appartamento vuoto era fuori questione.

La femme de ménage était la seule à ne pas être attachée à l'appartement.

La cameriera era l'unica persona non vincolata all'appartamento.

Elle avait déjà demandé à partir dès le premier jour.

Aveva già chiesto di andarsene il primo giorno.

Elle s'est agenouillée et a supplié qu'on la renvoie.

Si inginocchiò e implorò di essere congedata.

La famille ignorait l'étendue des connaissances de la bonne.

La famiglia non sapeva quanto effettivamente sapesse la cameriera.

À ce stade, elle n'en avait pas vu plus que quiconque.

A quel punto non aveva visto più di chiunque altro.

Ce qui s'était passé restait un mystère pour la famille.

Ciò che era accaduto era ancora un mistero per la famiglia.

Mais un quart d'heure plus tard, elle fit ses adieux.

Ma un quarto d'ora dopo mi salutò.

Et elle a remercié la famille, les larmes aux yeux.

E ringraziò la famiglia con le lacrime agli occhi.

Mais en réalité, elle les remerciait de l'avoir libérée.

Ma in realtà li ringraziò per averla liberata.

Ils semblaient lui avoir témoigné la plus grande bienveillance.

Sembrava che le avessero dimostrato la massima gentilezza.

Elle a même prêté serment, sans qu'on le lui demande.

Fece persino un giuramento, senza che glielo chiedessero.

Elle a dit qu'elle ne dirait à personne ce qui s'était passé.

Ha detto che non avrebbe raccontato a nessuno cosa era successo.

Désormais, la sœur devait cuisiner avec sa mère.

Ora la sorella doveva cucinare insieme alla madre.

Mais ce n'était pas vraiment un inconvénient majeur.

Ma in realtà non si è trattato di un inconveniente così grave.

Parce que de toute façon, ils n'avaient presque rien mangé tous les deux.

Perché in ogni caso entrambi non mangiavano quasi nulla.

Gregor surprenait sans cesse la même conversation.

Gregor sentiva ripetutamente la stessa conversazione.

L'un disait à l'autre qu'il devait manger davantage.

Una persona diceva all'altra che doveva mangiare di più.

Mais cette personne n'a reçu aucune réponse de son interlocuteur.

Ma quella persona non ha ricevuto alcuna risposta dalla persona.

« Merci, j'en ai assez », ou quelque chose de similaire.

"Grazie, ne ho abbastanza", o qualcosa di simile.
Peut-être qu'eux non plus ne buvaient plus rien.
Forse non bevevano più niente.
Sa sœur demandait souvent à son père s'il voulait de la bière.
La sorella chiedeva spesso al padre se voleva della birra.
Et elle a proposé chaleureusement d'aller chercher la bière elle-même.
E si offrì gentilmente di andare a prendere la birra lei stessa.
Le père gardait toujours le silence à sa demande.
Il padre rimase sempre in silenzio di fronte alla sua richiesta.
La sœur devait donc trouver un moyen de dissiper tout doute.
Quindi la sorella dovette trovare un modo per dissipare ogni dubbio.
Et elle a dit qu'elle enverrait la bonne chercher de la bière.
E disse che avrebbe mandato la cameriera a prendere della birra.
Mais finalement, le père a dit un grand « non » retentissant.
Ma poi il padre alla fine disse un sonoro "no".
Puis, on n'a plus évoqué le fait qu'il boive une bière.
Poi non si è più parlato del fatto che lui bevesse una birra.
Il avait déjà expliqué la situation financière auparavant.
Aveva già spiegato in precedenza la situazione finanziaria.
En fait, il a évoqué les finances dès le premier jour.
Infatti, ha menzionato le finanze fin dal primo giorno.
Il leur a bien fait comprendre quelles étaient les perspectives.
Li rese ben consapevoli di quali fossero le prospettive.
Sa propre entreprise avait fait faillite il y a environ cinq ans.
La sua attività era fallita circa cinque anni prima.
De temps en temps, il se levait pour quitter la table.
Ogni tanto si alzava per lasciare il tavolo.
Et il se dirigea vers la caisse de son ancien commerce.
E andò alla cassa della sua vecchia attività.
Il avait conservé la caisse enregistreuse par sentimentalisme.
Aveva conservato il registratore di cassa per sentimentalismo.

Gregor l'entendit déverrouiller une serrure lourde et complexe.

Gregor lo sentì aprire una serratura pesante e complicata.

Et il sortit des reçus et des livres de comptes de la caisse.

E tirò fuori le ricevute e i libri dalla cassa.

Après avoir pris les objets, il a refermé la caisse à clé.

Dopo aver preso gli oggetti, chiuse di nuovo la cassetta dei contanti.

Gregor n'avait entendu aucune bonne nouvelle depuis son emprisonnement.

Gregor non aveva ricevuto buone notizie da quando era stato imprigionato.

Il pensait que l'entreprise avait ruiné son père.

Pensava che l'attività avesse portato suo padre alla bancarotta.

Le père avait certainement donné cette impression à Gregor.

Il padre aveva certamente dato a Gregor questa impressione.

Et Gregor ne lui a plus jamais posé de questions sur les finances.

E Gregor non gli chiese più nulla delle finanze.

Gregor voulait faire tout son possible pour aider la famille.

Gregor voleva fare tutto il possibile per aiutare la famiglia.

Il voulait les aider à oublier leurs difficultés financières.

Voleva aiutarli a dimenticare la sfortuna aziendale.

La faillite qui a engendré un désespoir total.

Il fallimento che ha portato alla completa disperazione.

Il s'est donc mis à travailler avec une passion toute particulière.

così cominciò a lavorare con una passione tutta speciale.

Il était devenu représentant de commerce itinérant presque du jour au lendemain.

Era diventato un commesso viaggiatore quasi da un giorno all'altro.

Avant cela, il n'avait travaillé que comme commis mal payé.

Prima di allora aveva lavorato solo come impiegato mal pagato.

Il avait désormais des opportunités de gains complètement différentes.

Ora aveva opportunità di guadagno completamente diverse.
**Les ventes réussies pouvaient être immédiatement
converties en liquidités.**
Le vendite andate a buon fine potrebbero essere
immediatamente convertite in denaro.
L'argent étant bien sûr versé sur ses commissions.
Il denaro, ovviamente, viene pagato tramite le sue
commissioni.
**Désormais, Gregor pouvait mettre de l'argent sur la table
familiale.**
Ora Gregor poteva mettere soldi sul tavolo della famiglia.
Et ils étaient étonnés et ravis de ses gains.
E rimasero stupiti e felici dei suoi guadagni.
Mais ces beaux moments ne se reproduiront plus.
Ma quei bei momenti non si ripeteranno più.
Ils commençaient tout juste à s'habituer à cette période faste.
Si erano appena abituati a questi bei momenti.
À chaque paie, la famille acceptait l'argent avec gratitude.
Ogni giorno di paga la famiglia accettava il denaro con
gratitudine.
Et Gregor était tout aussi heureux de remettre l'argent.
E Gregor fu altrettanto felice di consegnare il denaro.
**Mais la chaleureuse affection qu'elle suscitait en retour s'est
peu à peu éteinte.**
Ma il caldo affetto ricambiato lentamente si spense.
Seule sa sœur restait aussi proche de Gregor qu'auparavant.
Solo la sorella rimase vicina a Gregor come prima.
**Elle, contrairement à Gregor, avait une profonde
appréciation pour la musique.**
A differenza di Gregor, lei nutriva un profondo
apprezzamento per la musica.
Et elle savait jouer du violon d'une manière très touchante.
E sapeva suonare il violino in modo molto toccante.
**Gregor avait secrètement prévu de l'envoyer dans une école
de musique.**
Gregor progettava segretamente di mandarla a una scuola di
musica.

Il n'avait pas encore décidé comment il réglerait les dépenses.

Non aveva ancora deciso come avrebbe pagato le spese.

Mais d'une manière ou d'une autre, il couvrirait les frais.

Ma in un modo o nell'altro avrebbe coperto i costi.

De temps en temps, Gregor et sa famille partaient en courts séjours.

Di tanto in tanto Gregor e la famiglia facevano delle brevi gite.

Gregor et sa sœur abordaient souvent ce sujet.

Gregor e la sorella sollevavano spesso l'argomento.

Mais cela n'a jamais été évoqué que comme une idée merveilleuse.

Ma è stata sempre menzionata come un'idea meravigliosa.

Ils ne croyaient pas vraiment que ce rêve puisse se réaliser.

Non credevano davvero che il sogno potesse realizzarsi.

Et les parents n'appréciaient pas de telles ambitions fantaisistes.

E ai genitori non piacevano ambizioni così fantasiose.

Même lorsque le sujet a été abordé de manière tout à fait innocente.

Anche quando l'argomento è stato sollevato in modo molto innocente.

Mais Gregor continuait de penser à l'école de musique.

Ma Gregor continuava a pensare alla scuola di musica.

Et il prévoyait d'annoncer le cadeau la veille de Noël.

E aveva intenzione di annunciare il regalo la vigilia di Natale.

Bien sûr, dans son état actuel, ce serait impossible.

Naturalmente, nelle sue attuali condizioni, sarebbe impossibile.

Mais ce genre de pensées lui traversait l'esprit.

Ma pensieri di questo tipo gli passavano per la testa.

Et telles étaient les pensées qui lui traversaient l'esprit en écoutant sa famille.

E questi erano i pensieri che gli venivano in mente mentre ascoltava la famiglia.

Parfois, il était trop fatigué pour continuer à les écouter.

A volte era troppo stanco per continuare ad ascoltarli.

Sa tête s'est affaissée contre la porte, rongée par la fatigue.
La sua testa cadde contro la porta per la stanchezza.
Mais il appuya aussitôt de nouveau sa tête contre la porte.
Ma subito rimise la testa contro la porta.
Car même le moindre bruit s'entendait à l'extérieur.
Perché all'esterno si poteva udire anche il più piccolo rumore.
Et le moindre bruit qu'il faisait plongeait la famille dans le silence.
E qualsiasi rumore facesse avrebbe fatto tacere la famiglia.
« Que fait-il maintenant ? » demanda le père à sa famille.
"Cosa sta facendo adesso?" chiese il padre alla famiglia.
Il alla à la porte pour vérifier d'où venait le bruit.
E andò alla porta per controllare cosa fosse quel rumore.
Puis la conversation interrompue a repris progressivement.
E poi la conversazione interrotta riprese gradualmente.
Mais les paroles du père ont agréablement surpris tout le monde.
Ma ciò che disse il padre sorprese positivamente tutti.
Gregor apprit alors la véritable situation financière.
Gregor ora conosceva la vera situazione finanziaria.
Malgré tous ces malheurs, il y a eu aussi un peu de chance.
Nonostante tutte le disgrazie, ci fu anche un po' di fortuna.
Une petite fortune d'antan était encore là.
Una piccola fortuna dei vecchi tempi era ancora lì.
Le père a expliqué les choses, mais a dû se répéter.
Il padre spiegò le cose, ma dovette ripeterle.
Parce qu'il ne s'était pas occupé de ces choses depuis un certain temps.
Perché da un po' non si occupava più di queste cose.
Et parce que la mère ne comprenait pas de telles choses.
E perché la madre non capiva queste cose.
Les taux d'intérêt de la banque avaient légèrement augmenté.
I tassi di interesse della banca erano leggermente aumentati.
L'argent non utilisé avait augmenté plus que prévu.
Il denaro non utilizzato era aumentato più del previsto.
De plus, Gregor leur avait toujours donné ses économies.

Inoltre Gregor aveva sempre donato loro i suoi risparmi.
Il n'avait jamais gardé que quelques florins pour lui-même.
Aveva sempre tenuto per sé solo pochi fiorini.
Et son argent n'avait pas été entièrement dépensé.
E i suoi soldi non erano stati utilizzati completamente.
Ensemble, ces sommes avaient constitué un petit capital.
Insieme, questo denaro si era accumulato fino a formare un piccolo capitale.
Gregor, derrière sa porte, hocha la tête avec enthousiasme à la nouvelle.
Gregor, dietro la porta, annuì con entusiasmo alla notizia.
Il était ravi de cette prudence et de cette frugalité inattendues.
Fu compiaciuto da questa inaspettata cautela e frugalità.
Les fonds excédentaires auraient pu servir à rembourser la dette.
I fondi eccedenti avrebbero potuto essere utilizzati per pagare il debito.
Ils n'auraient alors plus rien dû au patron.
Allora non avrebbero più dovuto nulla al capo.
Et Gregor aurait pu changer d'emploi bien plus tôt.
E Gregor avrebbe potuto cambiare lavoro molto prima.
Mais la façon dont le père s'y était pris était bien meilleure maintenant.
Ma ora il modo in cui il padre aveva organizzato le cose era molto migliorato.
L'argent ne suffisait pas tout à fait pour vivre des intérêts.
Il denaro non era sufficiente per vivere di interessi.
Et il a fallu mettre de l'argent de côté pour les urgences.
E bisognava mettere da parte una parte di denaro per le emergenze.
Cela n'aurait suffi que pour un an ou deux.
Sarebbero stati soldi sufficienti solo per un anno o due.
Cela signifiait que quelqu'un devait gagner de l'argent pour qu'ils puissent vivre.
Ciò significava che qualcuno doveva guadagnare soldi per permettergli di vivere.

Le père n'était pas malade et il était assez fort.
Il padre non era malato ed era abbastanza forte.
Mais il était sans emploi depuis plus de cinq ans.
Ma era senza lavoro da più di cinque anni.
Et, du fait de son âge, il lui restait peu de confiance en lui.
E, a causa della sua età, aveva poca fiducia in se stesso.
Il avait également pris beaucoup de poids ces derniers temps.
Negli ultimi tempi aveva anche messo su molto peso.
Sa vie avait toujours été ardue et infructueuse.
La sua vita è sempre stata dura e senza successi.
Et c'étaient les premières vacances qu'il ait jamais prises.
E questa era stata la prima vacanza che avesse mai fatto.
Et, faute d'être occupé, il était devenu assez maladroit.
E senza essere tenuto occupato era diventato piuttosto goffo.
Ne serait-il pas préférable que la vieille mère gagne l'argent ?
Sarebbe meglio se fosse la vecchia madre a guadagnare i soldi?
La vieille mère qui souffrait d'asthme.
La vecchia madre che soffriva di asma.
La vieille mère qui peinait à monter les escaliers.
La vecchia madre che faceva fatica a salire le scale.
La vieille mère qui passait son temps allongée sur le canapé.
La vecchia madre che passava il tempo sdraiata sul divano.
La vieille mère qui préférait rester près de la fenêtre.
La vecchia madre che preferiva stare vicino alla finestra.
Pour qu'elle puisse reprendre son souffle quand elle en aurait besoin.
Così da poter riprendere fiato quando ne aveva bisogno.
Ne serait-il pas préférable que ce soit la jeune sœur qui gagne l'argent ?
Sarebbe meglio se fosse la sorella minore a guadagnare i soldi?
La sœur, qui à dix-sept ans n'était encore qu'une enfant.
La sorella, che a diciassette anni era ancora solo una bambina.
La sœur qui ne connaissait que quelques modestes plaisirs.
La sorella che aveva solo pochi modesti piaceri.
La sœur qui aimait surtout jouer du violon.

La sorella a cui piaceva soprattutto suonare il violino.
Elle savait que son mode de vie antérieur était très enviable ;
Sapeva che il suo precedente stile di vita era molto invidiabile;
Bien s'habiller, faire la grasse matinée, aider à la maison.
Vestirsi bene, svegliarsi tardi, aiutare in casa.
La conversation tournait souvent autour de la nécessité de gagner de l'argent.
La conversazione spesso si spostava sulla necessità di guadagnare denaro.
Gregor était toujours le premier à lâcher la porte.
Gregor era sempre il primo a lasciare la porta.
Cette conversation l'avait rempli de honte et de chagrin.
Quella conversazione lo fece sentire pieno di vergogna e di dolore.
Il se laissa donc tomber sur le canapé en cuir qui refroidissait.
Così si gettò sul fresco divano di pelle.
Et il passait souvent le reste de la nuit sur le canapé.
E spesso trascorreva il resto della notte sul divano.
Il ne dormait jamais vraiment sur le canapé, ni la nuit.
Non dormiva mai veramente sul divano, né di notte.
Souvent, il se contentait de gratter le cuir pendant des heures.
Spesso si limitava a grattare la pelle per ore e ore.
D'autres fois, il poussait le fauteuil jusqu'à la fenêtre.
Altre volte spingeva la poltrona verso la finestra.
Cela a nécessité à lui seul beaucoup d'efforts de sa part.
Solo questo richiese un grande sforzo da parte sua.
Le fauteuil l'a aidé à ramper jusqu'au rebord de la fenêtre.
La poltrona lo aiutò a salire sul davanzale della finestra.
Et de là, il put s'appuyer contre la fenêtre.
E da lì poté appoggiarsi alla finestra.
Il éprouvait un grand sentiment de liberté en faisant cela.
Provava un grande senso di libertà nel fare questo.
Peut-être recherchait-il une sensation de liberté d'antan.
Forse stava cercando qualche vecchia sensazione liberatoria.
Mais sa vue n'était plus aussi perçante qu'avant.

Ma la sua vista non era più acuta come un tempo.

Les objets situés à une certaine distance étaient flous et indistincts.

Le cose a una certa distanza erano sfocate e indistinte.

Il ne pouvait plus voir l'hôpital de l'autre côté de la rue.

Non riusciva più a vedere l'ospedale dall'altra parte della strada.

Avant, il maudissait le paysage, maintenant il voulait le voir.

Prima aveva maledetto il panorama, ora voleva vederlo.

Il savait qu'il habitait dans la paisible Charlottenstrasse, en pleine ville.

Sapeva di vivere nella tranquilla e urbana Charlottenstrasse.

Mais il a peut-être cru qu'il regardait vers le désert.

Ma forse pensava di trovarsi nel deserto.

Un désert où le ciel gris et la terre grise se confondaient.

Una landa desolata dove il cielo grigio e la terra grigia si fondono.

La sœur attentive remarqua à deux reprises que la chaise avait bougé.

Per due volte la sorella attenta notò che la sedia si era spostata.

Après avoir rangé, elle a repoussé la chaise vers la fenêtre.

Dopo aver riordinato, spinse la sedia verso la finestra.

Et désormais, elle laissait même la fenêtre ouverte.

E da quel momento in poi lasciò persino la finestra aperta.

Gregor aurait vraiment souhaité pouvoir parler à sa sœur.

Gregor avrebbe davvero voluto poter parlare con sua sorella.

Il voulait la remercier pour tout ce qu'elle avait fait pour lui.

Voleva ringraziarla per tutto quello che aveva fatto per lui.

Il aurait alors plus facilement toléré leurs services.

Allora avrebbe tollerato più facilmente i loro servizi.

Mais en l'état actuel des choses, il souffrait de son aide.

Ma, stando così le cose, lui soffriva perché lei lo aiutava.

La sœur, bien sûr, a tenté de dissimuler la gêne.

La sorella, naturalmente, cercò di nascondere l'imbarazzo.

Et elle faisait de son mieux pour feindre de ne pas se sentir accablée.

E fece del suo meglio per fingere di non sentirsi oppressa.

Bien sûr, c'est quelque chose qu'elle devait d'abord pratiquer.
Naturalmente questa è una cosa che ha dovuto prima mettere in pratica.
Et plus le temps passait, plus elle devenait douée.
E più passava il tempo, più diventava brava.
Mais Gregor eut également plus de temps pour constater sa supercherie.
Ma a Gregor fu anche concesso più tempo per vedere la sua finzione.
Même son entrée dans sa chambre était une épreuve pour lui.
Per lui, perfino il suo ingresso nella sua stanza era un calvario.
Dès qu'elle est entrée, elle a couru directement vers la fenêtre.
Appena entrata, corse direttamente alla finestra.
Elle n'a même pas pris le temps de fermer la porte.
Non si prese nemmeno il tempo di chiudere la porta.
Normalement, elle épargnait à tout le monde la vue de la chambre de Gregor.
Di solito risparmiava a tutti la vista della stanza di Gregor.
Et elle ouvrit brusquement la fenêtre d'un geste rapide.
E spalancò la finestra con mani frettolose.
Puis elle reprit sa respiration comme si elle avait suffoqué.
Poi riprese a respirare come se stesse soffocando.
L'air qui entrait était froid, et elle respira profondément.
L'aria che entrava era fredda e lei respirò profondamente.
Mais elle resta néanmoins un moment près de la fenêtre.
Ma nonostante ciò rimase per un po' vicino alla finestra.
Elle effrayait Gregor deux fois par jour avec ce rituel.
Con questa routine spaventava Gregor due volte al giorno.
Pendant qu'elle était dans la pièce, il tremblait sous le canapé.
Mentre lei era nella stanza, lui tremava sotto il divano.
Il savait qu'elle aurait aimé lui épargner cette épreuve.
Sapeva che lei avrebbe voluto risparmiargli quella dura prova.

Mais elle ne pouvait pas rester dans la pièce avec la fenêtre fermée.

Ma non poteva restare nella stanza con la finestra chiusa.

Il y a eu une fois où elle est arrivée un peu plus tôt.

Una volta arrivò un po' prima.

Probablement environ un mois après la transformation de Gregor.

Probabilmente circa un mese dopo la trasformazione di Gregor.

Elle s'était plus ou moins habituée à sa nouvelle apparence.

Si era in qualche modo abituata al suo nuovo aspetto.

Elle n'avait donc plus aucune raison d'être particulièrement choquée.

Quindi non aveva più motivo di essere particolarmente scioccata.

Elle le trouva toujours immobile, le regard fixé par la fenêtre.

Lo trovò ancora immobile a fissare fuori dalla finestra.

Il se trouvait dans le pire endroit où il aurait pu être.

Si trovava nel posto più orribile in cui potesse trovarsi.

Il n'aurait pas été surpris si elle n'était pas entrée.

Non si sarebbe sorpreso se lei non fosse entrata.

Il l'empêcha d'ouvrir la fenêtre.

Dove le è stato impedito di aprire la finestra.

Elle quitta rapidement la pièce et ferma la porte.

Uscì rapidamente dalla stanza e chiuse la porta.

Un étranger aurait pu tirer toutes sortes de conclusions.

Uno sconosciuto avrebbe potuto giungere a conclusioni di ogni tipo.

Peut-être attendait-il simplement l'occasion de la mordre.

Forse stava solo aspettando l'occasione giusta per morderla.

Gregor, bien sûr, s'est immédiatement caché sous le canapé.

Gregor, naturalmente, si nascose subito sotto il divano.

Mais il dut attendre midi pour que sa sœur revienne.

Ma dovette aspettare fino a mezzogiorno perché la sorella tornasse.

Et elle semblait beaucoup plus agitée que d'habitude.

E sembrava molto più irrequieta del solito.
Il réalisa que sa vue lui était encore insupportable.
Si rese conto che la sua vista era ancora insopportabile.
Sa vue allait lui rester insupportable.
La sua vista sarebbe rimasta per lei insopportabile.
Elle ne pouvait probablement pas supporter de le voir, même partiellement.
Probabilmente non avrebbe potuto sopportare di vedere nessuna parte di lui.
Une petite partie dépassait toujours de sous le canapé.
Da sotto il divano sporgeva sempre una piccola parte.
Un jour, il transporta un drap sur son dos jusqu'au canapé.
Un giorno si mise un lenzuolo sulla schiena e andò sul divano.
Il voulait lui épargner de voir quoi que ce soit de lui.
Voleva risparmiarle di vedere qualsiasi parte di lui.
Il arrangea le drap de façon à ce qu'il soit entièrement caché.
Sistemò il lenzuolo in modo da nascondersi completamente.
Même si elle se baissait, elle ne pourrait pas le voir.
Anche se si fosse chinata non sarebbe riuscita a vederlo.
L'opération a pris à Gregor plus de trois heures.
L'intero sforzo richiese a Gregor più di tre ore.
Elle a peut-être pensé que le drap était inutile.
Forse pensava che il lenzuolo fosse superfluo.
Elle aurait su qu'il ne voulait pas du drap.
Avrebbe saputo che lui non voleva il lenzuolo.
Il le faisait pour son confort, et non pour lui-même.
Lo faceva per il suo comfort, non per se stesso.
Et elle aurait pu enlever le drap si elle l'avait voulu.
E avrebbe potuto togliere il lenzuolo se avesse voluto.
Mais elle laissa le drap là où Gregor l'avait mis.
Ma lasciò il lenzuolo dove l'aveva messo Gregor.
Et Gregor crut même avoir aperçu un regard reconnaissant.
E Gregor pensò addirittura di aver colto uno sguardo riconoscente.
Il avait doucement soulevé le drap avec sa tête.
Aveva sollevato delicatamente il lenzuolo con la testa.
Il voulait savoir si sa sœur appréciait cet arrangement.

Voleva vedere se alla sorella piaceva la soluzione.

Les deux premières semaines ont été les plus difficiles pour les parents.
Le prime due settimane sono state le più difficili per i genitori.
Ils n'ont pas eu le courage d'entrer et de le voir.
Non riuscirono a convincersi ad entrare e a vederlo.
Il a surpris plusieurs de leurs conversations à cette époque.
In quel periodo origliò molte delle loro conversazioni.
Ils ont pleinement reconnu tout ce que faisait la sœur.
Riconobbero pienamente tutto ciò che la sorella stava facendo.
Même s'ils étaient souvent agacés par elle.
Anche se spesso si irritavano con lei.
Parce qu'elle semblait être une fille un peu inutile.
Perché sembrava una ragazza un po' inutile.
C'étaient maintenant eux qui attendaient de l'autre côté de la pièce.
Adesso erano loro ad aspettare dall'altra parte della stanza.
Et c'est elle qui est entrée dans la pièce pour tout faire.
Ed è stata lei ad entrare nella stanza per fare tutto.
Dès qu'elle est sortie, ils ont voulu tout savoir.
Non appena uscì, vollero sapere tutto.
Elle a dû leur décrire précisément l'aspect de la pièce.
Doveva dire loro esattamente come appariva la stanza.
« Qu'est-ce que Gregor a mangé ? Comment s'est-il comporté cette fois-ci ? »
"Cosa ha mangiato Gregor? Come si è comportato questa volta?"
«Y avait-il peut-être une légère amélioration à constater ?»
"C'è stato forse un piccolo miglioramento da notare?"
La mère, d'ailleurs, était en réalité plus courageuse.
La madre, tra l'altro, era in realtà più coraggiosa.
Et bien sûr, c'était son propre fils qui se trouvait dans la pièce.
E naturalmente nella stanza c'era suo figlio.
Elle souhaitait en fait rendre visite à Gregor assez rapidement.

In realtà voleva andare a trovare Gregor abbastanza presto.

Mais au départ, son père et sa sœur l'ont retenue.

Ma inizialmente il padre e la sorella la trattennero.

Ils ont avancé des arguments très rationnels pour qu'elle n'y aille pas.

Hanno avanzato argomentazioni molto razionali per convincerla a non andare.

Gregor écouta très attentivement leur raisonnement.

Gregor ascoltò molto attentamente il loro ragionamento.

Et il acceptait ce raisonnement autant que sa mère.

E lui accettò il ragionamento tanto quanto sua madre.

Plus tard, cependant, il a fallu la retenir par la force.

In seguito, però, dovette essere trattenuta con la forza.

«Laissez-moi entrer voir Gregor, c'est mon malheureux fils !»

"Fammi entrare da Gregor, è il mio sfortunato figlio!"

« Tu ne comprends pas que je dois aller le voir ? »

"Non capisci che devo andare a trovarlo?"

Gregor fut également convaincu par les arguments de sa mère.

Anche Gregor si lasciò convincere dalle argomentazioni della madre.

Peut-être avait-elle raison ; ce serait bien qu'elle vienne.

Forse aveva ragione: sarebbe stato bello se fosse intervenuta.

Le voir tous les jours serait beaucoup trop lourd.

Venire a trovarlo ogni giorno sarebbe davvero troppo.

Mais le voir une fois par semaine suffirait peut-être.

Ma vederlo una volta a settimana potrebbe essere sufficiente.

Elle pourrait comprendre les choses bien mieux que sa sœur.

Forse capisce le cose molto meglio della sorella.

Malgré tout son courage, elle n'était encore qu'une enfant.

Nonostante tutto il suo coraggio, era ancora solo una bambina.

Peut-être une insouciance enfantine l'a-t-elle poussée à entreprendre cette tâche.

Forse è stata la sua infantile imprudenza a spingerla ad accettare questo compito.

Mais le souhait de Gregor de revoir sa mère se réalisa bientôt.

Ma il desiderio di Gregor di rivedere la madre si avverò presto.

Durant la journée, Gregor se tenait à l'écart de la fenêtre.

Durante il giorno Gregor si teneva lontano dalla finestra.

Il a agi ainsi par égard pour ses parents.

Lo fece per riguardo verso i suoi genitori.

Il n'avait pas beaucoup de place pour ramper sur le sol.

Non aveva molto spazio per strisciare sul pavimento.

Il avait du mal à rester immobile pendant la nuit.

Trovava difficile restare fermo durante la notte.

Manger ne lui procurait plus le moindre plaisir.

Mangiare non gli dava più il minimo piacere.

Bien sûr, il devait trouver un moyen de se distraire.

Naturalmente doveva trovare un modo per distrarsi.

Pour se divertir, il grimpait et descendait les murs.

Per divertirsi, strisciava su e giù lungo i muri.

Et il rampait aussi le long du plafond, la tête en bas.

E strisciò anche lungo il soffitto, a testa in giù.

Il était particulièrement heureux lorsqu'il était suspendu au plafond.

Era particolarmente felice quando era appeso al soffitto.

C'était complètement différent de s'allonger par terre.

Era completamente diverso dallo stare sdraiati sul pavimento.

Il trouvait qu'il respirait beaucoup plus facilement dans cette position.

In questa posizione trovò molto più facile respirare.

Une légère mais agréable vibration parcourut son corps.

Una leggera ma piacevole vibrazione gli percorse il corpo.

Parfois, il se laissait même trop aller à son bonheur.

A volte si abbandonava persino troppo alla sua felicità.

Il lui arrivait d'être distrait et de lâcher prise du plafond.

A volte si distraeva e si lasciava andare al soffitto.

Et à sa propre surprise, il atterrit de nouveau sur le sol.

E con sua grande sorpresa atterrò di nuovo a terra.

Mais il maîtrisait bien mieux son corps qu'auparavant.

Ma ora aveva un controllo del suo corpo molto migliore di prima.

Ainsi, il ne se blessait plus lors de chutes aussi importantes.
Quindi non si è fatto male in cadute così gravi.
Sa sœur remarqua immédiatement le nouveau plaisir de Gregor.
La sorella notò subito il nuovo piacere di Gregor.
Et on retrouvait des traces de colle là où il avait rampé.
E c'erano tracce di adesivo nei punti in cui aveva strisciato.
Là encore, la sœur pensa au bien-être de Gregor.
Anche in questo caso la sorella pensò al benessere di Gregor.
Il apprécierait peut-être d'avoir plus d'espace pour ramper.
Forse apprezzerebbe avere più spazio per gattonare.
Et l'idée s'est fermement ancrée dans son esprit.
E l'idea si fissò saldamente nella sua testa.
Certains meubles volumineux entravaient sa liberté de mouvement.
Alcuni dei mobili di grandi dimensioni gli impedivano di muoversi liberamente.
Il ne travaillait plus, il n'avait donc plus besoin du bureau.
Non lavorava più, quindi non aveva più bisogno della scrivania.
Et la boîte prenait plus de place que nécessaire. ***
E la scatola occupava più spazio del necessario. ***
La sœur n'était pas en mesure de déplacer ces choses seule.
La sorella non era in grado di spostare queste cose da sola.
Bien sûr, elle n'osait pas demander de l'aide à son père.
Naturalmente non osò chiedere aiuto al padre.
La bonne ne l'aurait certainement pas aidée non plus.
Nemmeno la cameriera l'avrebbe certamente aiutata.
La nouvelle femme de ménage était en réalité un an plus jeune qu'elle.
La nuova cameriera era in realtà più giovane di lei di un anno.
Elle avait courageusement endossé le rôle de l'ancienne bonne.
Aveva coraggiosamente assunto il ruolo dell'ex cameriera.
Mais il y avait un privilège auquel elle tenait absolument.
Ma c'era un privilegio che lei insisteva ad avere.
Elle voulait que la cuisine reste verrouillée en permanence.

Voleva tenere la cucina sempre chiusa a chiave.
La sœur n'avait donc pas d'autre choix que de demander à sa mère.
Così la sorella non ebbe altra scelta che chiedere alla madre.
La mère est venue à son secours en poussant des cris de joie.
Con grida di gioia eccitata la madre venne ad aiutarlo.
Mais elle se tut devant la porte de la chambre de Gregor.
Ma sulla porta della stanza di Gregor tacque.
La sœur a vérifié que tout était en ordre dans la chambre.
La sorella controllò che tutto nella stanza andasse bene.
Gregor avait tiré précipitamment encore plus fort sur le drap.
Gregor aveva tirato ancora più stretto il lenzuolo in fretta.
Bien que le drap-housse paraisse encore disposé au hasard.
Anche se il lenzuolo sembrava ancora disposto in modo casuale.
Et ce n'est qu'alors qu'elle laissa sa mère entrer dans la pièce.
E solo allora lasciò entrare sua madre nella stanza.
Gregor s'abstint également d'espionner sous le drap.
Gregor si astenne anche dallo spiare da sotto il lenzuolo.
Il a décidé de ne pas voir sa mère cette fois-ci.
Questa volta decise di rinunciare a vedere sua madre.
Gregor était déjà content qu'elle soit venue.
Gregor era già abbastanza contento che lei fosse entrata.
«Entrez, vous ne pouvez pas le voir», dit la sœur.
«Entra pure, non puoi vederlo», disse la sorella.
Gregor supposa qu'elle tenait sa mère par la main.
Gregor pensò che fosse lei a condurre la madre per mano.
Puis il entendit les deux femmes, faibles, déplacer les meubles.
Poi sentì le due donne deboli spostare i mobili.
La sœur semblait s'attribuer la majeure partie du travail.
Sembrava che la sorella si attribuisse la maggior parte del lavoro.
Sa mère craignait qu'elle ne s'épuise.
Sua madre temeva che si sarebbe sforzata troppo.
Mais la sœur n'a prêté aucune attention à ces avertissements.

Ma la sorella non prestò attenzione a questi avvertimenti.

Mais même après quinze minutes, les progrès étaient très lents.

Ma anche dopo quindici minuti i progressi erano molto lenti.

Ils n'avaient pas réussi à déplacer les meubles très loin.

Non erano riusciti a spostare molto lontano i mobili.

Ils commençaient lentement à ressentir un sentiment de défaite.

Cominciavano lentamente a provare un senso di sconfitta.

La mère fut la première à reconnaître l'inutilité de la démarche.

La madre fu la prima ad ammettere l'inutilità di tutto ciò.

« Il vaudrait peut-être mieux laisser la boîte ici. »

"Forse sarebbe meglio lasciare la scatola qui."

« Le carton est trop lourd pour que nous puissions le déplacer plus loin. »

"La scatola è troppo pesante perché possiamo spostarla più lontano."

« Et nous n'aurons pas terminé avant l'arrivée de votre père. »

"E non finiremo prima che arrivi tuo padre."

« Laisser la boîte ici lui barrerait encore plus le passage. »

"Lasciare la scatola qui gli bloccherebbe ancora di più la strada.

« Et pouvons-nous être sûrs de lui rendre service ? »

"E possiamo essere sicuri che gli stiamo facendo un favore?"

Ils commencèrent à penser que le contraire pourrait bien être vrai.

Cominciarono a pensare che potesse essere vero il contrario.

La vue du mur vide lui pesait lourdement sur le cœur.

La vista del muro vuoto le pesava sul cuore.

Qui nous dit que Gregor ne ressentirait pas la même chose ?

Chissà se anche Gregor non la penserebbe allo stesso modo?

«Il est déjà habitué aux meubles de sa chambre.»

"È già abituato ai mobili della sua stanza."

«Il pourrait se sentir encore plus abandonné dans une pièce vide.»

"Potrebbe sentirsi ancora più abbandonato in una stanza
vuota."
**À ce moment-là, sa voix s'était presque réduite à un
murmure.**
Ormai la sua voce si era quasi abbassata fino a diventare un
sussurro.
Elle ignorait en réalité où se trouvait exactement Gregor.
In realtà non sapeva esattamente dove si trovasse Gregor.
Elle ne voulait même pas qu'il entende sa voix.
Non voleva nemmeno che lui sentisse il suono della sua voce.
Bien qu'elle fût certaine qu'il ne la comprenait pas.
Sebbene fosse certa che lui non la capisse.
**« N'aurait-on pas l'impression de l'avoir complètement
abandonné ? »**
"Non sembrerebbe che abbiamo rinunciato completamente a
lui?"
**«N'aura-t-il pas l'impression qu'on le laisse se débrouiller
seul ?»**
"Non avrà la sensazione che lo stiamo lasciando solo a
cavarsela?"
**«Nous devrions laisser la pièce exactement comme elle
était.»**
"Dovremmo lasciare la stanza esattamente com'era."
« Gregor finira par nous revenir comme avant. »
"Alla fine Gregor tornerà da noi com'era prima."
«Alors il constatera que tout est encore à sa place.»
"Allora scoprirà che tutto è ancora al suo posto."
**« Et il oubliera beaucoup plus facilement la période
intermédiaire. »**
"E dimenticherà molto più facilmente il periodo provvisorio."
En entendant ces mots, Gregor réalisa quelque chose.
Quando Gregor udì queste parole, capì una cosa.
**Son esprit était devenu confus au cours des deux derniers
mois.**
Negli ultimi due mesi la sua mente era diventata confusa.
**Le manque d'interactions humaines ne lui avait pas fait de
bien.**

La mancanza di interazione umana non gli aveva fatto bene.
Il avait vraiment besoin de la vie monotone au sein de sa famille.
Aveva davvero bisogno della vita monotona in famiglia.
Pourquoi aurait-il formulé une demande aussi absurde autrement ?
Altrimenti perché avrebbe fatto una richiesta così assurda?
Quel sens pouvait-il y avoir à vider sa chambre ?
Che senso aveva svuotare la sua stanza?
La chambre confortable est meublée de meubles hérités.
La confortevole camera è arredata con mobili ereditati.
Pourquoi voudrait-il transformer cette chaleur familière en une grotte ?
Perché mai avrebbe voluto trasformare questo calore noto in una grotta?
Une grotte où il pouvait ramper en toute tranquillité dans toutes les directions.
Una grotta dove poteva strisciare in tutte le direzioni in pace.
Mais une grotte où il oublia rapidement son passé humain.
Ma una grotta in cui dimenticò rapidamente il suo passato umano.
Il se demandait s'il était déjà sur le point d'oublier.
Doveva chiedersi se non fosse già vicino a dimenticare.
La voix de sa mère l'avait secoué et lui avait fait se souvenir.
La voce di sua madre lo aveva scosso, facendogli ricordare.
La voix qu'il n'avait pas entendue depuis si longtemps.
La voce che non sentiva da tanto tempo.
Il ne fallait rien enlever ; tout devait rester.
Non si doveva togliere nulla, tutto doveva restare.
Le mobilier a eu un effet positif sur son état.
L'arredamento influì positivamente sulle sue condizioni.
Et il ne pouvait pas s'en sortir sans ce lien avec le passé.
E non avrebbe potuto farcela senza questo ancoraggio al passato.
Les meubles l'empêchaient de ramper sans but.
I mobili gli impedivano di strisciare in giro senza senso.

Mais ce n'était pas une perte ; c'était au contraire un grand avantage.

Ma questa non fu una perdita, anzi, fu un grande vantaggio.

Malheureusement, sa sœur avait un avis très différent.

Purtroppo la sorella aveva un'opinione molto diversa.

Elle était en quelque sorte devenue la porte-parole de Gregor.

Era diventata in un certo senso la portavoce di Gregor.

Bien sûr, son opinion n'était pas totalement injustifiée.

Naturalmente la sua opinione non era del tutto ingiustificata.

Mais l'opinion de sa mère devait être contredite ici.

Ma qui l'opinione della madre doveva essere contraddetta.

Il ne s'agissait plus seulement d'enlever la boîte.

Ora non era solo la scatola a dover essere rimossa.

Son bureau et son armoire ne pouvaient pas rester en place non plus.

Nemmeno la scrivania e l'armadio potevano restare lì.

La seule chose indispensable était le canapé.

L'unica cosa indispensabile era il divano.

Elle n'a pas pris cette décision par simple rébellion enfantine.

Non ha preso questa decisione solo per un sentimento di sfida infantile.

Ce n'était pas non plus sa confiance en soi récemment acquise.

E non era nemmeno merito della fiducia in se stessa che aveva acquisito di recente.

La nouvelle confiance qu'elle avait acquise lui a permis de travailler si dur pour gagner.

La nuova sicurezza che aveva ottenuto lavorando così duramente per vincere.

Même si personne ne s'attendait à ce qu'elle y parvienne.

Anche se nessuno si aspettava che lei ci riuscisse.

Gregor avait vraiment besoin de beaucoup d'espace pour ramper.

Gregor aveva davvero bisogno di molto spazio per gattonare.

Le mobilier ne faisait que réduire l'espace dont il disposait.

L'arredamento limitava solo lo spazio a sua disposizione.
Elle était capable de mieux voir ces choses que sa mère.
Lei riusciva a vedere queste cose meglio della madre.
Mais peut-être que son esprit romantique a aussi joué un rôle.
Ma forse anche il suo spirito romantico ha avuto un ruolo.
Les filles de cet âge acquièrent souvent un certain enthousiasme.
Le ragazze di quell'età spesso provano un certo entusiasmo.
Et ils éprouvent le besoin d'obtenir ce qu'ils veulent chaque fois qu'ils le peuvent.
E sentono il bisogno di ottenere ciò che vogliono ogni volta che possono.
C'est peut-être pour cela qu'elle voulait le saboter en secret.
Forse è per questo che voleva sabotarlo segretamente.
Il est encore plus terrifiant lorsqu'il rampe sur les murs.
È ancora più terrificante quando striscia sui muri.
Les parents n'osaient plus entrer dans la pièce.
I genitori non osavano più entrare nella stanza.
Elle serait véritablement la seule à prendre soin de son frère.
Sarebbe stata davvero l'unica a prendersi cura del fratello.
Elle ne laissa pas sa mère la persuader du contraire.
Non si lasciò convincere dalla madre del contrario.
La mère de Gregor se sentait déjà mal à l'aise dans la pièce.
La madre di Gregor si sentiva già a disagio nella stanza.
Elle cessa bientôt de parler et aida de nouveau sa fille.
Ben presto smise di parlare e aiutò di nuovo la figlia.
Avec leurs forces restantes, ils ont enlevé l'armoire.
Con le forze rimaste, tolsero l'armadio.
La commode, il pouvait s'en passer.
La cassettiera era qualcosa di cui poteva fare a meno.
Mais le bureau allait devoir rester en place pour le moment.
Ma per il momento la scrivania doveva restare lì.
Pendant l'absence des femmes, il tenta d'évaluer la pièce.
Mentre le donne erano via, cercò di valutare la stanza.
Et Gregor passa la tête sous le canapé.
E Gregor sporse la testa da sotto il divano.

Il devait voir ce qu'il pouvait faire face à la situation.
Doveva vedere cosa poteva fare per risolvere la situazione.
Mais il a été aussi prudent et attentionné que possible.
Ma lui era il più attento e premuroso possibile.
Malheureusement, c'est la mère qui est revenue la première.
Sfortunatamente fu la madre a tornare per prima.
Grete était encore en train de déplacer l'armoire dans la pièce voisine.
Grete stava ancora spostando l'armadio nella stanza accanto.
Mais la mère n'était pas habituée à la vue de Gregor.
Ma la madre non era abituata alla vista di Gregor.
Un simple aperçu de lui aurait pu la rendre malade.
Anche solo vederlo avrebbe potuto farla ammalare.
Gregor recula précipitamment jusqu'à l'autre bout du canapé.
Gregor corse indietro verso l'estremità più lontana del divano.
Mais il ne pouvait pas reculer et maintenir le drap en équilibre.
Ma non riusciva a tornare indietro e a tenere in equilibrio il lenzuolo.
Ce mouvement suffit à attirer l'attention de la mère.
Il movimento fu sufficiente per attirare l'attenzione della madre.
Elle marqua une pause et resta immobile un bref instant.
Fece una pausa e rimase immobile per un breve momento.
Puis elle se retourna et sortit de la pièce.
Poi si voltò e uscì di nuovo dalla stanza.
Gregor se répétait sans cesse que rien d'inhabituel ne s'était produit.
Gregor continuava a ripetersi che non era successo niente di insolito.
« Ce ne sont que quelques meubles qui ont été emportés. »
"Sono solo alcuni mobili che sono stati portati via."
Mais il dut bientôt admettre que ces événements l'avaient affecté.
Ma ben presto dovette ammettere che quegli eventi lo avevano colpito.

Les femmes disaient tout ce qu'elles faisaient.
Le donne avevano detto tutto quello che facevano.
Ils faisaient des allers-retours dans la pièce.
Camminavano avanti e indietro per la stanza.
Le bruit des meubles qui grattent le sol.
Il rumore di tutti i mobili sul pavimento.
Il avait l'impression d'être assailli de toutes parts.
Si sentiva come se fosse assalito da ogni parte.
Il replia sa tête et ses jambes aussi fort qu'il le put.
Tirò la testa e le gambe più forte che poté.
De toutes ses forces, il plaqua son corps au sol.
Con tutte le sue forze premette il suo corpo a terra.
Il savait qu'il ne pourrait pas supporter tout cela encore longtemps.
Sapeva che non avrebbe potuto sopportare tutto questo ancora a lungo.
Ils ont vidé sa chambre et ont pris tout ce qu'il aimait.
Svuotarono la sua stanza e gli portarono via tutto ciò che amava.
Ils avaient déjà pris la boîte contenant tous ses outils.
Avevano già preso la scatola contenente tutti i suoi attrezzi.
Ils étaient en train de déloger son lourd bureau du sol.
Ora stavano staccando la sua pesante scrivania da terra.
Le bureau sur lequel il avait travaillé en rentrant du travail.
La scrivania su cui aveva lavorato dopo essere tornato dal lavoro.
Le bureau sur lequel il avait noté ses missions professionnelles.
La scrivania su cui aveva scritto i suoi compiti di lavoro.
Le bureau sur lequel il avait fait ses devoirs au collège.
La scrivania su cui aveva fatto i compiti alle scuole medie.
Oui, il avait déjà eu ce bureau à l'école primaire.
Sì, aveva già avuto questa scrivania alle elementari.
Il n'a vraiment pas eu le temps de vérifier leurs bonnes intentions.
Non ebbe davvero il tempo di confermare le loro buone intenzioni.

Bien qu'il ait presque oublié leur présence.
Anche se in ogni caso aveva quasi dimenticato che fossero lì.
Parce qu'ils travaillaient en silence, épuisés.
Perché lavoravano in silenzio, per sfinimento.
Ils étaient trop fatigués pour annoncer leurs mouvements maintenant.
Erano troppo stanchi per annunciare i loro movimenti.
Il n'entendait que leurs lourds pas sur le sol.
Tutto ciò che sentiva erano i loro passi pesanti sul pavimento.
À ce moment précis, ils étaient appuyés contre la boîte.
Proprio in quel momento si erano appoggiati alla scatola.
Et c'est alors que Gregor est sorti de sous le canapé.
Fu allora che Gregor uscì da sotto il divano.
Il a changé de direction à quatre reprises.
Cambiò la direzione in cui stava correndo quattro volte.
Il n'arrivait pas à se décider quel objet sauver en premier.
Non riusciva a decidere quale oggetto dovesse essere salvato per primo.
Soudain, son attention fut attirée par le mur vide.
All'improvviso la sua attenzione fu attirata dalla parete vuota.
Ils ne lui avaient laissé que la photo de la dame en fourrure.
Tutto ciò che gli avevano lasciato era la foto della signora con la pelliccia.
Il rampa jusqu'à la photo pour coller son corps contre le sien.
Strisciò fino alla foto per premere il suo corpo contro di lei.
Et son corps masquait complètement la vue de la photo.
E il suo corpo copriva completamente la vista dell'immagine.
Le verre le soutenait et apaisait son ventre brûlant.
Il vetro lo sostenne e confortò il suo ventre caldo.
On ne pouvait plus lui enlever cette photo.
Questa foto non poteva più essergli tolta.
Puis il tourna la tête vers la porte du salon.
Poi girò la testa verso la porta del soggiorno.
Il allait les regarder retourner dans la pièce.
Voleva guardare le donne tornare nella stanza.
Et ils ne se reposèrent pas longtemps avant de revenir.
E non si riposarono a lungo prima di tornare di nuovo.

Grete avait le bras autour de sa mère pour l'aider à marcher.
Grete teneva il braccio intorno alla madre per aiutarla a camminare.
« Que prenons-nous maintenant ? » demanda Grete en regardant autour d'elle.
"Cosa prendiamo adesso?" chiese Grete guardandosi intorno.
À ce moment précis, son regard croisa celui de Gregor.
Proprio in quel momento il suo sguardo incontrò quello di Gregor.
Malgré le choc, elle a gardé son sang-froid.
Nonostante lo shock, mantenne la calma.
Probablement uniquement à cause de la présence de sa mère.
Probabilmente solo per la presenza della madre.
Elle pencha le visage vers sa mère, lui cachant la vue.
Chinò il viso verso la madre, coprendole la vista.
Et puis elle dit, d'une voix tremblante et sans réfléchir :
E poi disse, sebbene tremante e spensierata:
«Allez, on ne devrait pas retourner au salon ?»
"Dai, non dovremmo tornare in soggiorno?"
Gregor comprenait aisément les intentions de sa sœur.
Gregor poteva facilmente comprendere le intenzioni della sorella.
Sa priorité absolue était de mettre sa mère en sécurité.
La sua prima priorità era portare in salvo sua madre.
Mais ensuite, elle allait le poursuivre depuis le mur.
Ma poi lei lo avrebbe inseguito giù dal muro.
« Eh bien, elle peut toujours essayer ! » pensa Gregor.
"Beh, può certamente provarci!" pensò Gregor tra sé e sé.
Il s'assit fermement sur son tableau et ne le lâcha pas.
Restò fermo sulla sua immagine e non la lasciò andare.
Il aurait préféré sauter au visage de sa sœur.
Avrebbe preferito saltare in faccia alla sorella.
Mais les paroles de Grete avaient encore plus inquiété sa mère.
Ma le parole di Grete avevano preoccupato ancora di più sua madre.

Elle s'écarta pour voir ce qu'on lui cachait.

Si fece da parte per vedere cosa le veniva nascosto.

Et elle vit la tache brune sur le papier peint à fleurs.

E vide la macchia marrone sulla carta da parati a fiori.

Et elle a crié avant même de réaliser que c'était Gregor.

E urlò prima ancora di rendersi conto che si trattava di Gregor.

« Oh mon Dieu ! » hurla-t-elle en tendant les bras.

"Oh Dio", urlò con le braccia tese.

Et elle s'est effondrée sur le canapé comme si elle avait renoncé.

E cadde sul divano come se si fosse arresa.

« Gregor ! » cria sa sœur en levant le poing.

«Gregor!» gli gridò la sorella alzando il pugno.

Et elle lui lança un regard long, dur et pénétrant.

E gli lanciò uno sguardo lungo, duro e penetrante.

C'était la première fois qu'elle lui parlait directement.

Era la prima volta che gli parlava direttamente.

Elle a couru dans la pièce voisine pour aller chercher des sels d'ammoniaque.

Corse nella stanza accanto per prendere dei sali aromatici.

Elle devait ramener sa mère à la conscience.

Dovette far riprendere conoscenza alla madre.

Gregor voulait aider, il pourrait sauvegarder la photo plus tard.

Gregor voleva aiutare, avrebbe potuto salvare la foto più tardi.

Mais il s'était solidement collé à la vitre.

Ma lui era rimasto saldamente incastrato nel vetro.

Il a donc dû s'arracher à ce point en utilisant beaucoup de force.

Così dovette liberarsi con molta forza.

Il courut lui aussi dans la pièce voisine, où se trouvait sa sœur.

Anche lui corse nella stanza accanto, dove si trovava la sorella.

Autrefois, il aurait pu lui donner quelques conseils.

Ai vecchi tempi avrebbe potuto darle qualche consiglio.

Mais à présent, il ne pouvait rien faire d'autre que rester là, impuissant, et regarder.

Ma ora non poteva fare altro che restare a guardare senza far niente.
Elle fouilla dans le tiroir, ouvrant diverses bouteilles.
Frugò nel cassetto, aprendo diverse bottiglie.
Et il lui faisait encore peur quand elle se retournait.
E lui continuava a spaventarla quando si girava.
Une bouteille est tombée par terre, s'est cassée et a éclaté.
Una bottiglia cadde a terra, si ruppe e si scheggiò.
Un éclat de verre a frappé Gregor au visage et l'a blessé.
Una scheggia di vetro colpì il viso di Gregor e lo ferì.
La bouteille contenait une sorte de liquide caustique.
La bottiglia conteneva una specie di liquido caustico.
Et maintenant, le liquide corrosif brûlait le visage de Gregor.
E ora il liquido corrosivo stava bruciando il viso di Gregor.
Sa sœur, cependant, n'avait pas de temps à consacrer à Gregor pour le moment.
Ma in quel momento la sorella non aveva tempo per Gregor.
Elle ramassa autant de bouteilles qu'elle put.
Raccolse quante più bottiglie poté.
Et elle est retournée en courant vers sa mère avec les médicaments.
E corse indietro dalla madre con la medicina.
Elle claqua la porte du pied, empêchant Gregor d'entrer.
Sbatté la porta con il piede, chiudendo fuori Gregor.
Il était désormais coupé de sa mère, potentiellement mourante.
Ora era tagliato fuori dalla madre, che stava per morire.
S'il ouvrait la porte, il chasserait sa sœur.
Se avesse aperto la porta avrebbe cacciato via la sorella.
Mais bien sûr, elle devait rester pour s'occuper de sa mère.
Ma naturalmente doveva restare per prendersi cura della madre.
Il ne pouvait plus rien faire d'autre qu'attendre.
Ormai non poteva fare altro che aspettarli.
Rongé par les remords et l'anxiété, il se mit à ramper.
Tormentato dall'ansia e dall'autocommiserazione, cominciò a gattonare.

Il rampait partout : sur les murs, les meubles, le plafond.

Strisciava ovunque: sui muri, sui mobili, sul soffitto.

Il avait l'impression que toute la pièce tournait autour de lui.

Aveva la sensazione che l'intera stanza gli girasse intorno.

Finalement, désespéré et pris de vertiges, il retomba.

Alla fine, disperato e stordito, ricadde.

Et il est tombé directement sur la grande table de la salle à manger.

E cadde proprio sopra il grande tavolo della sala da pranzo.

Il resta allongé là un certain temps, engourdi et incapable de bouger.

Rimase lì sdraiato per un po' di tempo, intorpidito e incapace di muoversi.

Il était épuisé par tout ce que cette journée lui avait apporté.

Era esausto per tutto quello che quella giornata gli aveva portato.

Le silence régnait partout, mais c'était peut-être bon signe.

Tutto intorno regnava il silenzio, ma forse era un buon segno.

Puis, brisant le silence, la sonnette retentit à l'extérieur.

Poi, rompendo il silenzio, suonò il campanello fuori.

La bonne, bien sûr, s'était enfermée dans sa cuisine.

La cameriera, naturalmente, si era chiusa a chiave in cucina.

La sœur était donc la seule à pouvoir ouvrir la porte.

Quindi la sorella era l'unica che poteva aprire la porta.

« Que s'est-il passé ? » fut la première question du père.

"Cosa è successo?" fu la prima cosa che chiese il padre.

L'apparence de Grete lui avait probablement tout dit.

L'aspetto di Grete probabilmente gli aveva detto tutto.

La voix de Grete devint étouffée et monotone tandis qu'elle parlait.

La voce di Grete divenne ovattata e spenta mentre parlava.

Elle a dû enfouir son visage contre la poitrine de son père.

Deve aver premuto il viso contro il petto del padre.

« Maman était inconsciente, mais elle va mieux maintenant. »

"La mamma era priva di sensi, ma ora si sente meglio."

« Gregor s'est échappé », a-t-elle ajouté, ce à quoi il s'attendait.

«Gregor è scappato», aggiunse, cosa che lui si aspettava.

« Je vous l'ai toujours dit, il allait s'échapper un jour. »

"Ti ho sempre detto che un giorno sarebbe scappato."

« Mais vous, les femmes, vous ne vouliez pas m'écouter, n'est-ce pas ? »

"Ma voi donne non avete voluto ascoltarmi, vero?"

Gregor comprit rapidement comment son père verrait les choses.

Gregor capì subito come avrebbe visto le cose suo padre.

Il avait mal interprété le message trop bref de Grete.

Aveva interpretato male il messaggio troppo breve di Grete.

Il supposa que Gregor avait commis un acte de violence.

Supponeva che Gregor avesse commesso qualche atto di violenza.

Gregor devait trouver un moyen d'apaiser son père d'une manière ou d'une autre.

Gregor doveva trovare un modo per placare in qualche modo il padre.

Parce qu'il n'avait pas le temps de lui expliquer les choses.

Perché non aveva tempo di spiegargli le cose.

Mais de toute façon, il n'aurait pas été capable d'expliquer les choses.

Ma in ogni caso non sarebbe stato in grado di spiegare le cose.

Il s'est donc enfui vers la porte et s'y est plaqué.

Allora corse verso la porta e vi si premette contro.

Ainsi, son père pourrait le voir depuis l'antichambre.

In questo modo suo padre poteva vederlo dall'anticamera.

Et il pourrait constater qu'il avait les meilleures intentions.

E avrebbe potuto vedere che aveva le migliori intenzioni.

Il n'était pas nécessaire de le repousser avec un balai.

Non c'era bisogno di respingerlo con una scopa.

Il aurait suffi que le père ouvre la porte.

Tutto ciò che il padre avrebbe dovuto fare era aprire la porta.

Mais il n'était pas d'humeur à remarquer de telles subtilités.

Ma non era dell'umore giusto per notare tali sottigliezze.

« Te voilà ! » s'exclama-t-il dès qu'il entra.

«Eccoti!» esclamò appena entrato.

C'était comme s'il était à la fois en colère et heureux.

Era come se fosse arrabbiato e felice allo stesso tempo.

Il recula la tête et leva les yeux vers son père.

Tirò indietro la testa e guardò il padre.

Il n'avait pas imaginé son père debout là, dans cette position.

Non avrebbe mai immaginato che suo padre si trovasse lì in piedi in quelle condizioni.

Mais ces derniers temps, il s'était trouvé une nouvelle distraction.

Ma negli ultimi tempi aveva trovato una nuova distrazione.

Ramper occupait désormais une grande partie de sa journée.

Ora gattonare occupava gran parte della sua giornata.

Auparavant, il se tenait au courant de toutes les nouvelles dans l'appartement.

Prima teneva traccia di tutte le novità nell'appartamento.

Mais ces derniers temps, il n'y avait pas prêté beaucoup d'attention.

Ma ultimamente non ci aveva prestato molta attenzione.

Il aurait dû se préparer à faire face aux changements.

Avrebbe dovuto essere preparato ad affrontare i cambiamenti.

Pour autant, cet homme qui se tenait devant lui était-il encore son père ?

Ma quest'uomo davanti a lui era ancora il padre?

Était-ce le même homme qui avait l'habitude de rester allongé, fatigué, dans son lit ?

Era lo stesso uomo che giaceva stanco nel suo letto?

Alors que Gregor était déjà parti en voyage d'affaires.

Quando Gregor era già partito per un viaggio d'affari.

Était-ce le même homme qui le saluait le soir ?

Era lo stesso uomo che lo accoglieva la sera?

Lorsqu'il était en robe de chambre, dans son fauteuil.

Quando era in vestaglia, nella sua poltrona.

Était-ce le même homme qui n'avait pas pu se lever pour l'accueillir ?

Era lo stesso uomo che non riusciva ad alzarsi per accoglierlo?

Restant assis, il leva le bras en signe de joie.
Così, restando seduto, alzò il braccio in segno di gioia.
Était-ce le même homme avec qui il faisait parfois des promenades ?
Era lo stesso uomo con cui andava a fare qualche passeggiata ogni tanto?
Exceptionnellement : quelques dimanches par an, ou les jours fériés.
In rare occasioni: qualche domenica all'anno o nei giorni festivi.
Était-ce le même homme qui marchait, enveloppé dans son pardessus ?
Era lo stesso uomo che camminava avvolto nel suo cappotto?
S'est-il lentement avancé, entre la mère et lui ?
Ha partorito lentamente, tra lui e la madre?
Et ils marchaient déjà lentement à cause de lui.
E già camminavano lentamente a causa sua.
Mais à présent, cet homme se tenait droit et fort.
Ma ora quest'uomo era in piedi, forte e in posizione eretta.
Il portait un uniforme bleu à boutons dorés.
Indossava un'uniforme blu con bottoni dorati.
Les badges que portent les employés des institutions bancaires.
Bottoni indossati dai dipendenti degli istituti bancari.
Au-dessus du col rigide, son double menton prononcé se dessinait.
Sopra il colletto rigido emergeva il suo marcato doppio mento.
Sous ses sourcils broussailleux, ses yeux noirs fixaient le vide.
Sotto le folte sopracciglia, i suoi occhi neri guardavano fuori.
À présent, ses yeux paraissaient perçants, frais et alertes.
Ora i suoi occhi apparivano penetranti, freschi e attenti.
Les cheveux blancs, auparavant ébouriffés, étaient désormais peignés.
I capelli bianchi, precedentemente spettinati, vennero pettinati verso il basso.

Et ses cheveux étaient désormais coiffés d'une raie centrale méticuleuse.

E ora i suoi capelli avevano una meticolosa riga centrale.

Il jeta son chapeau, orné d'un monogramme en or.

Lanciò il suo cappello, sul quale era impresso un monogramma dorato.

Il s'agissait probablement du monogramme de la banque pour laquelle il travaillait.

Probabilmente era il monogramma della banca per cui lavorava.

Et le chapeau atterrit sur le canapé, pour être rangé plus tard.

E il cappello atterrò sul divano, per essere riposto più tardi.

Il repoussa le bas de sa longue veste d'uniforme.

Tirò indietro il fondo della lunga giacca dell'uniforme.

Et il mit ses pouces dans les poches de son pantalon.

E infilò i pollici nelle tasche dei pantaloni.

Puis, le visage sombre, il s'avança vers Gregor.

E poi, con un'espressione severa, si diresse verso Gregor.

Il ne savait probablement même pas ce qu'il comptait faire.

Probabilmente non sapeva nemmeno cosa stava progettando di fare.

Mais il leva néanmoins les pieds exceptionnellement haut.

Ma nonostante ciò sollevò i piedi insolitamente in alto.

Gregor était stupéfait par la taille énorme de ses bottes.

Gregor rimase stupito dalle enormi dimensioni dei suoi stivali.

Mais il n'y avait vraiment pas le temps de s'extasier devant ses chaussures.

Ma non c'era davvero tempo per ammirare le sue scarpe.

Le père avait opté pour une discipline très stricte.

Il padre aveva deciso di adottare una disciplina molto severa.

Seule la plus grande sévérité convenait à Gregor.

Per Gregor era appropriata solo la massima severità.

Il le savait dès le premier jour de sa transformation.

Lo sapeva fin dal primo giorno della sua trasformazione.

Il courut vers son père et s'arrêta quand celui-ci s'arrêta.

Corse da suo padre e si fermò quando lui si fermò.

**Il se précipita de nouveau vers lui lorsqu'il bougea à
nouveau.**
Si precipitò di nuovo verso di lui quando lui si mosse di
nuovo.
Le père marqua une pause, et Gregor fit de même.
Il padre si fermò un attimo, e così fece Gregor.
**Et il se précipita de nouveau en avant dès que son père eut
bougé.**
E si lanciò di nuovo in avanti non appena suo padre si mosse.
Ils firent ainsi plusieurs fois le tour de la pièce.
In questo modo girarono più volte intorno alla stanza.
**Aucun avantage décisif n'avait encore été obtenu par qui
que ce soit.**
Nessuno aveva ancora ottenuto un vantaggio decisivo.
On n'aurait pas pu avoir l'impression d'une poursuite.
Non si poteva avere l'impressione di un inseguimento.
**Parce que tout l'événement se déroulait beaucoup trop
lentement.**
Perché l'intero evento si stava svolgendo troppo lentamente.
Gregor avait décidé de rester au sol.
Gregor aveva deciso che sarebbe rimasto a terra.
Il aurait pu courir le long des murs et du plafond.
Avrebbe potuto correre lungo le pareti e lungo il soffitto.
Mais il ne voulait pas provoquer inutilement le père.
Ma non voleva provocare inutilmente il padre.
**Une telle évasion aurait pu paraître particulièrement
perverse.**
Una fuga del genere sarebbe potuta sembrare particolarmente
malvagia.
**Gregor admit que cette poursuite ne pourrait pas durer
beaucoup plus longtemps.**
Gregor ammise che questo inseguimento non sarebbe durato
ancora a lungo.
Chaque étape nécessitait une myriade de mouvements.
Ogni passo doveva essere accompagnato da una miriade di
movimenti.
Il commençait déjà à avoir le souffle court.

Cominciava già ad avere difficoltà a respirare.

Même avant cela, il n'avait jamais eu des poumons totalement fiables.

Anche prima non aveva mai avuto polmoni completamente affidabili.

Il avançait en titubant, économisant ses forces pour la course.

Barcollò avanti, risparmiando le forze per la corsa.

Il était si fatigué qu'il avait du mal à garder les yeux ouverts.

Era così stanco che riusciva a malapena a tenere gli occhi aperti.

Ses pensées étaient devenues trop lentes pour qu'il puisse envisager d'autres solutions.

I suoi pensieri divennero troppo lenti per pensare ad altre vie di fuga.

Il avait presque oublié que les murs étaient à sa disposition.

Aveva quasi dimenticato che le pareti erano a sua disposizione.

Mais les murs étaient de toute façon dissimulés derrière des meubles.

Ma le pareti erano comunque nascoste dietro i mobili.

Et les meubles avaient trop d'encoches et de saillies.

E i mobili avevano troppe tacche e sporgenze.

Et puis, juste à côté de lui, en roulant, il y avait une pomme.

E poi, proprio accanto a lui, rotolava una mela.

Il réalisa que la pomme avait dû lui être lancée.

Si rese conto che la mela doveva essere stata lanciata contro di lui.

Mais il n'eut pas le temps de réfléchir qu'une autre pomme arriva.

Ma non ebbe il tempo di pensare prima che arrivasse un'altra mela.

Gregor resta figé, sous le choc de la nouvelle stratégie de son père.

Gregor rimase immobile per lo shock della nuova strategia del padre.

Il ne pouvait plus rien gagner à essayer de fuir.

Non poteva più trarre alcun vantaggio dal tentativo di scappare.

Le père avait décidé de le bombarder de fruits.

Il padre aveva deciso di bombardarlo di frutta.

Il avait rempli ses poches avec les fruits du bol de la cuisine.

Si era riempito le tasche con la frutta presa dalla fruttiera della cucina.

Sans viser particulièrement, il lançait pomme après pomme.

Senza mirare particolarmente, lanciava una mela dopo l'altra.

Ces petites pommes rouges roulaient sur le sol.

Queste piccole mele rosse rotolavano per terra.

Comme électrifiées, les pommes se heurtèrent les unes aux autres.

Come se fossero elettrizzate, le mele si scontrarono tra loro.

Une des pommes, lancée mollement, a effleuré le dos de Gregor.

Una delle mele lanciate debolmente sfiorò la schiena di Gregor.

Heureusement pour lui, la pomme a glissé sans le blesser.

Fortunatamente per lui, la mela scivolò via senza farsi male.

Cependant, la pomme lancée ensuite était plus précise.

Tuttavia, la mela lanciata dopo era più precisa.

Et cette pomme s'est logée profondément dans le dos de Gregor.

E questa mela si conficcò profondamente nella schiena di Gregor.

Gregor voulait s'éloigner de la douleur.

Gregor voleva allontanarsi dal dolore.

Peut-être pourrait-on échapper à cette nouvelle douleur inimaginable.

Forse si potrebbe sfuggire a questo nuovo, incredibile dolore.

Un changement d'endroit pourrait peut-être soulager son supplice.

Forse un cambio di luogo avrebbe alleviato la sua agonia.

Mais il avait l'impression d'être cloué au sol.

Ma si sentiva come se fosse stato inchiodato al pavimento.

Il s'étira, mais seulement à cause de sa confusion.

Si allungò, ma solo a causa della confusione.

Ce n'est qu'à son dernier regard qu'il vit la porte s'ouvrir.

Solo con l'ultima occhiata vide la porta aprirsi.

La mère s'est précipitée devant sa sœur qui hurlait.

La madre corse fuori davanti alla sorella urlante.

Sa sœur l'avait déshabillée, elle était donc encore en chemise.

La sorella l'aveva spogliata, quindi era in camicia.

Elle avait besoin de respirer pendant son inconscience.

Aveva bisogno di respirare nel suo stato di incoscienza.

Il voyait encore la mère courir vers le père.

Vide ancora la madre correre verso il padre.

Ses jupes glissèrent au sol, l'une après l'autre.

Le sue gonne scivolarono a terra, una dopo l'altra.

Il la vit s'approcher du père et trébucher sur sa jupe.

La vide avvicinarsi al padre e inciampare nella sua gonna.

L'enlaçant, elle demanda qu'on épargne la vie de Gregor.

Abbracciandolo, chiese che la vita di Gregor fosse risparmiata.

En parfaite harmonie avec son corps, sa vue s'est éteinte.

In completa unione con il corpo, la sua vista cessò.

Troisième partie

Gregor a souffert de cette grave blessure pendant plus d'un mois.
Gregor ha riportato questo grave infortunio per oltre un mese.
La pomme restait incrustée ; personne n'osait l'enlever.
La mela rimase incastrata; nessuno osò rimuoverla.
La pomme restait plantée dans sa chair comme un rappel visible.
La mela rimase nella sua carne come visibile ricordo.
Mais la pomme servait aussi de rappel au père.
Ma la mela serviva anche come promemoria per il padre.
Il comprit que Gregor ne devait pas être traité comme un ennemi.
Capì che Gregor non doveva essere trattato come un nemico.
Actuellement, son apparence pourrait être triste et repoussante.
Al momento il suo aspetto potrebbe essere triste e disgustoso.
Mais il restait néanmoins un membre de leur famille.
Ma nonostante tutto, era pur sempre un membro della loro famiglia.
Il a fallu accepter et tolérer cette réticence.
La riluttanza doveva essere ingoiata e tollerata.
En raison de sa blessure, il risque fort de perdre sa mobilité à jamais.
A causa della ferita, la sua mobilità potrebbe essere persa per sempre.
Il continuait à ramper dans sa chambre, mais beaucoup plus lentement.
Continuava a gattonare nella sua stanza, ma molto più lentamente.
Ramper à une quelconque hauteur était hors de question.
Strisciare a qualsiasi altezza era fuori questione.
Mais Gregor a bien reçu une forme de compensation.
Ma Gregor ricevette una qualche forma di risarcimento.
Le soir, la porte du salon lui fut ouverte.

La sera gli aprirono la porta del soggiorno.
Et il estimait que ces réparations étaient tout à fait adéquates.
E riteneva che queste riparazioni fossero del tutto adeguate.
Avant le soir, il avait déjà commencé à surveiller la porte.
Prima di sera aveva già iniziato a sorvegliare la porta.
Il était allongé dans l'obscurité, invisible depuis le salon.
Giaceva nell'oscurità, invisibile dal soggiorno.
Il pouvait voir toute la famille à la table illuminée.
Poteva vedere tutta la famiglia seduta al tavolo illuminato.
Il était désormais autorisé à écouter leurs conversations.
Ora gli era permesso ascoltare le loro conversazioni.
C'était très différent de leur arrangement précédent.
Questa era una situazione molto diversa dalla precedente.
Les conversations animées d'autrefois étaient terminées.
Le vivaci conversazioni di un tempo erano finite.
C'étaient ces conversations qu'il désirait tant.
Erano queste le conversazioni che un tempo desiderava ardentemente.
Lorsqu'il dormait seul dans de petites chambres d'hôtel.
Quando dormiva da solo in piccole stanze d'albergo.
Quand il a dû se jeter dans les draps humides.
Quando doveva gettarsi nelle lenzuola umide.
Mais les soirées étaient désormais généralement calmes et sans incident.
Ma ormai le serate erano per lo più tranquille e senza eventi.
Le père s'est endormi dans son fauteuil après le dîner.
Dopo cena il padre si addormentò sulla poltrona.
Et la mère et la sœur s'exhortaient mutuellement à se taire.
E la madre e la sorella si esortavano a vicenda a fare silenzio.
La mère, penchée très haut sur la lampe, cousait du lin.
La madre, china sulla luce, cuciva la biancheria.
Elle confectionne maintenant des robes pour l'un des magasins de mode.
Ora realizza abiti per uno dei negozi di moda.
Comme Gregor, sa sœur avait trouvé un emploi de vendeuse.

Come Gregor, anche la sorella aveva accettato un lavoro come commessa.

Elle apprenait la sténographie et le français le soir.

La sera imparava la stenografia e il francese.

Afin qu'elle puisse peut-être obtenir un meilleur poste plus tard.

Così che in seguito avrebbe potuto trovare un lavoro migliore.

Parfois, le père se réveillait de sa sieste du soir.

A volte il padre si svegliava dal suo riposino serale.

« Chérie, tu as déjà cousu tellement longtemps aujourd'hui ! »

"Tesoro, hai già cucito per così tanto tempo oggi!"

Il semblait avoir oublié qu'il dormait.

Sembrava essersi dimenticato di aver dormito.

Mais il retombait aussitôt dans son sommeil.

Ma subito ricadde nel sonno.

Et la mère et la sœur s'échangèrent un sourire las.

E la madre e la sorella si sorrisero stancamente.

Le père avait développé une étrange nouvelle obstination.

Il padre aveva sviluppato una strana, nuova testardaggine.

Même chez lui, il refusait d'enlever son uniforme de domestique.

Anche a casa si rifiutava di togliersi l'uniforme da servitore.

Et son peignoir pendait inutilement sur le cintre.

E la sua vestaglia pendeva inutilmente dalla gruccia.

Le père dormit donc, tout habillé, dans son fauteuil.

Così il padre dormiva, completamente vestito, nella sua poltrona.

C'était comme s'il était toujours prêt à rendre service.

Era come se fosse sempre pronto a rendere il suo servizio.

Comme s'il attendait simplement la voix de son supérieur.

Come se stesse solo aspettando la voce del suo superiore.

Cela a eu pour conséquence que son uniforme a perdu sa propreté.

Ciò fece sì che la sua uniforme perdesse la sua pulizia.

Bien que l'uniforme ne fût pas neuf lorsqu'il l'a reçu.

Anche se l'uniforme non era nuova quando l'ha ricevuta.

Et la mère faisait de son mieux pour prendre soin de l'uniforme.

E la madre fece del suo meglio per prendersi cura dell'uniforme.

Gregor passait des soirées entières à contempler cet uniforme.

Gregor passava intere serate a guardare questa uniforme.

Il observa le vieil homme dormir très mal.

Osservò il vecchio dormire in modo molto scomodo.

Mais dans son sommeil, il remarqua aussi quelque chose de paisible.

Ma nel sonno notò anche qualcosa di pacifico.

Lorsque l'horloge a sonné dix heures, la mère a essayé de le réveiller.

Quando l'orologio suonò le dieci, la madre cercò di svegliarlo.

Elle lui parla doucement et le persuada d'aller se coucher.

Parlò a bassa voce e lo convinse ad andare a letto.

Parce que dormir sur un fauteuil, ce n'était pas du vrai sommeil.

Perché dormire sulla poltrona non era un vero sonno.

Il allait devoir commencer à travailler à six heures.

Avrebbe dovuto iniziare a lavorare alle sei.

Il avait donc vraiment besoin de dormir le mieux possible.

Quindi aveva davvero bisogno di dormire il più possibile.

Mais il était pris d'une nouvelle forme d'obstination.

Ma era stato preso da una nuova forma di testardaggine.

Le fait de devenir serviteur avait commencé à avoir cet effet sur lui.

Diventare un servitore aveva cominciato ad avere questo effetto su di lui.

Il insistait donc toujours pour rester plus longtemps à table.

Per questo insisteva sempre per restare più a lungo a tavola.

Bien qu'il se rendormît régulièrement dans son fauteuil.

Anche se poi si addormentava regolarmente sulla sedia.

Et il ne pouvait être déplacé qu'avec la plus grande difficulté.

E poteva essere spostato solo con grandissima difficoltà.

Il a fallu lui dire que ce lit lui conviendrait mieux.

Bisognava dirgli che il letto sarebbe stato meglio per lui.

La mère et la sœur ont dû insister, malgré quelques avertissements.

La madre e la sorella dovettero insistere con piccoli avvertimenti.

Pendant quinze minutes, il se contenta de secouer lentement la tête.

Per quindici minuti scosse lentamente la testa.

Et il garda les yeux fermés et refusa de se lever.

E lui teneva gli occhi chiusi e si rifiutava di alzarsi.

La mère tira doucement, mais fermement, sur sa manche.

La madre gli tirò la manica, delicatamente ma con fermezza.

Et elle lui murmurait des mots flatteurs à l'oreille, encore fatiguée.

E gli sussurrò parole lusinghiere nelle orecchie stanche.

La sœur a interrompu sa tâche pour aider sa mère.

La sorella lasciò il compito che stava svolgendo per aiutare la madre.

Mais aucun de leurs efforts n'a fonctionné sur le père.

Ma nessuno dei loro sforzi funzionò sul padre.

Il s'enfonça encore plus profondément dans son fauteuil, prêt à dormir.

Si sprofondò ancora di più nella sedia, pronto a dormire.

Et finalement, les femmes l'ont attrapé sous les aisselles.

E infine le donne lo afferrarono sotto le ascelle.

Il ouvrit les yeux et les regarda tour à tour.

Aprì gli occhi e li guardò alternativamente.

« Quelle vie ! » se plaignit-il en allant se coucher.

"Che vita è questa!" si lamentò andando a letto.

« Est-ce là la paix qui m'a été accordée dans ma vieillesse ? »

"È questa la pace che mi è stata data nella mia vecchiaia?"

Mais alors, s'appuyant sur les deux femmes, il se leva maladroitement.

Ma poi, appoggiandosi alle due donne, si alzò goffamente.

Il agissait comme s'il portait le fardeau le plus lourd.

Si comportò come se stesse portando il fardello più pesante.

Il laissa les deux femmes le conduire au fond de la pièce.
Lasciò che le due donne lo conducessero in fondo alla stanza.
Là, il leur souhaita bonne nuit et poursuivit son chemin seul.
Lì augurò loro la buonanotte e proseguì per conto suo.
Mais la mère jeta précipitamment son nécessaire à couture.
Ma la madre gettò via in fretta il suo kit da cucito.
Et la sœur posa elle aussi le stylo et le bloc-notes.
E anche la sorella posò la penna e il blocco note.
Et ils coururent derrière le père pour l'aider davantage.
E corsero dietro al padre per aiutarlo ulteriormente.
Qui, dans cette famille surmenée, avait du temps à consacrer à Gregor ?
Chi in questa famiglia oberata di lavoro aveva tempo per Gregor?
Qui aurait pu lui accorder plus d'attention que nécessaire ?
Chi avrebbe potuto prestargli più attenzione del necessario?
Le budget des ménages est devenu de plus en plus restreint.
Il bilancio familiare divenne sempre più limitato.
Finalement, pour faire des économies, ils ont dû licencier la bonne.
Alla fine, per risparmiare denaro, dovettero licenziare la cameriera.
Elle fut remplacée par une femme à la carrure imposante et aux cheveux blancs.
Fu sostituita da una donna robusta e dai capelli bianchi.
Mais cette femme ne venait que le matin et le soir.
Ma questa donna veniva solo la mattina e la sera.
Et tout le travail le plus lourd et le plus pénible lui avait été réservé.
E tutto il lavoro più pesante e duro era riservato a lei.
Toutes les autres tâches ménagères étaient prises en charge par la mère.
Tutte le altre faccende erano svolte dalla madre.
Il est même arrivé que plusieurs bijoux de famille soient vendus.
Capitò addirittura che venissero venduti alcuni gioielli di famiglia.

Des bijoux que les femmes avaient portés avec joie lors des festivités.

Gioielli che le donne indossavano volentieri durante le celebrazioni.

Gregor a appris cela lors d'une discussion générale.

Gregor lo apprese da una delle discussioni generali.

Le principal grief, cependant, portait sur autre chose.

La lamentela più grande, tuttavia, era un'altra.

L'appartement était trop grand, mais ils ne pouvaient pas déménager.

L'appartamento era troppo grande, ma non potevano andarsene.

Il était impossible de déplacer Gregor.

Non c'era modo che potessero trasferire Gregor.

Mais Gregor comprit que ce n'était pas seulement une question de considération.

Ma Gregor si rese conto che non si trattava solo di considerazione.

Quelque chose d'autre les a empêchés de déménager ailleurs.

Qualcos'altro impedì loro di spostarsi altrove.

Il aurait facilement pu être transporté dans une caisse appropriée.

Avrebbe potuto essere facilmente trasportato in una scatola adatta.

Leur sentiment de désespoir total les a paralysés.

Il loro senso di totale disperazione li trattenne.

Ils ne voulaient pas admettre que le malheur les avait frappés.

Non volevano ammettere che la sfortuna li aveva colpiti.

Ils ont accompli ce que le monde exige des pauvres.

Ciò che il mondo chiede ai poveri, loro lo soddisfano.

Le père a apporté le petit déjeuner au jeune employé de banque.

Il padre andò a prendere la colazione per il piccolo impiegato di banca.

La mère s'est sacrifiée pour laver le linge d'inconnus.

La madre si è sacrificata per lavare i panni degli sconosciuti.
La sœur faisait des allers-retours pour prendre les commandes des clients.
La sorella correva avanti e indietro per prendere le ordinazioni dei clienti.
Mais ils n'avaient tout simplement plus la force d'en faire plus.
Ma non avevano più la forza di fare altro.
La blessure dans le dos de Gregor commença à le faire encore plus souffrir.
La ferita sulla schiena di Gregor cominciò a fargli ancora più male.
Chaque soir, la mère et la sœur amenaient le père au lit.
Ogni notte la madre e la sorella portavano il padre a letto.
Ils laissèrent leur travail où il était et s'assirent ensemble.
Lasciarono il lavoro dov'era e si sedettero insieme.
Ils se rapprochèrent et s'assirent joue contre joue.
E si avvicinarono ancora di più e si sedettero guancia a guancia.
La mère désigna la pièce d'où il observait.
La madre indicò la stanza da dove lui osservava.
« Pourriez-vous fermer la porte ? » demanda-t-elle à sa sœur.
"Potresti chiudere la porta?" chiese alla sorella.
Et Gregor se retrouva de nouveau seul dans le noir.
E poi Gregor rimase di nuovo solo al buio.
Et dans la pièce voisine, la femme mêla leurs larmes.
E nella stanza accanto la donna mescolava le loro lacrime.
Ou bien ils restaient assis, les yeux secs, fixant simplement la table.
Oppure restavano seduti con gli occhi asciutti, fissando semplicemente il tavolo.
Gregor ne dormait pratiquement pas, ni la nuit ni le jour.
Gregor non dormiva quasi mai, né di notte né di giorno.
Il réfléchissait souvent à la façon dont il pourrait aider sa famille.
Pensava spesso a come avrebbe potuto aiutare la famiglia.
Il songea à gagner à nouveau de l'argent pour eux.

Pensò di guadagnare di nuovo quei soldi per loro.
Il songea à faire ce qu'il faisait autrefois pour eux.
Pensò di fare per loro quello che faceva prima.
Le représentant autorisé lui revint dans ses pensées.
Nei suoi pensieri tornò il rappresentante autorizzato.
Et cette fois, le patron est également venu à l'appartement.
E questa volta anche il capo è venuto nell'appartamento.
Et les commis et les apprentis étaient là aussi.
E c'erano anche gli impiegati e gli apprendisti.
Même le domestique un peu simplet est venu le voir.
Persino il lento impiegato d'ufficio venne a trovarlo.
Il y avait deux ou trois amis d'autres entreprises.
C'erano due o tre amici di altre aziende.
Une des femmes de chambre d'un hôtel de province.
Una delle cameriere di un albergo di provincia.
Un souvenir précieux et fugace auquel il s'efforçait de s'accrocher.
Un ricordo caro e fugace a cui cercava di aggrapparsi.
Une caissière d'une chapellerie pour laquelle il avait des intentions.
Un cassiere di un negozio di cappelli verso il quale aveva delle intenzioni.
Mais il avait été un peu trop lent à obtenir son approbation.
Ma era stato un po' troppo lento nel conquistare la sua approvazione.
Ils lui apparurent tous, mêlés à des inconnus.
Tutti apparivano nei suoi pensieri, mescolati a sconosciuti.
Et d'autres n'apparurent pas ; ils étaient déjà oubliés.
E altri non si sono fatti vedere: erano già stati dimenticati.
Mais ils ne l'ont pas aidé, ni lui, ni sa famille.
Ma non lo aiutarono, né aiutarono la famiglia.
Ils étaient inaccessibles, et il était content quand ils sont partis.
Erano inaccessibili e lui fu contento quando se ne andarono.
Il n'était pas toujours d'humeur à se soucier de sa famille.
Non era sempre dell'umore giusto per preoccuparsi della famiglia.

Et il était rempli de rage à cause de ce manque d'attention.

E si riempì di rabbia per la mancanza di attenzione.

Et il ne pouvait imaginer rien qui puisse lui faire envie.

E non riusciva a immaginare nulla che gli facesse gola.

Mais il avait tout de même prévu de cambrioler le garde-manger.

Ma continuava a progettare di introdursi nella dispensa.

Et il allait prendre tout ce qui lui était dû.

E avrebbe preso tutto ciò che si meritava.

Sa sœur ne faisait plus aucun effort particulier pour lui.

La sorella non faceva più alcuno sforzo particolare per lui.

Elle ne consacrait plus de temps à chercher à lui plaire.

Non passava più tempo a pensare a come compiacerlo.

Avant d'aller travailler, elle a rapidement glissé de la nourriture dans la pièce.

Prima di andare al lavoro portò velocemente del cibo nella stanza.

Et le soir venu, elle a rapidement ramassé les restes.

E la sera spazzò di nuovo velocemente il cibo.

Elle ne faisait plus attention à savoir s'il avait mangé ou non.

Non si accorse più se lui avesse mangiato o meno.

Le plus souvent, la nourriture restait intacte.

Ormai il cibo restava il più delle volte intatto.

Elle continuait de traverser la pièce rapidement le soir.

Anche la sera attraversava rapidamente la stanza.

Mais maintenant, elle se contentait du strict minimum, aussi vite que possible.

Ma ora faceva il minimo indispensabile, il più velocemente possibile.

Des traînées de saleté jonchaient les murs.

Lungo le pareti erano rimaste delle strisce di sporco.

Des boules de poussière et de détritus jonchaient le sol.

Sul pavimento erano rimasti cumuli di polvere e spazzatura.

Gregor manifesta son désapprobation face à son manque d'attention.

Gregor mostrò la sua disapprovazione per la sua mancanza di cure.

Il se tourna selon un angle particulièrement significatif.

Si girò con un'angolazione particolarmente significativa.

Mais il aurait pu rester à ce poste pendant des semaines.

Ma avrebbe potuto restare in quella posizione per settimane.

Sa sœur n'aurait pas remarqué son mécontentement.

Sua sorella non avrebbe notato la sua insoddisfazione.

Elle voyait la saleté aussi bien que lui, voire mieux.

Vedeva la terra altrettanto bene quanto lui, se non meglio.

Mais elle avait décidé de laisser la saleté où elle était.

Ma aveva deciso di lasciare la terra dov'era.

À cette époque, elle a développé une sensibilité totalement nouvelle.

A quel tempo adottò una sensibilità completamente nuova.

Elle s'était donné pour mission de nettoyer la chambre de Gregor.

Si era fatta carico della pulizia della stanza di Gregor.

La famille a été touchée par sa gentillesse et sa prévenance.

La famiglia è rimasta colpita dalla sua gentile premura.

Une fois, sa mère avait nettoyé sa chambre de fond en comble.

Una volta la madre aveva pulito a fondo la sua stanza.

Ce n'est qu'après avoir utilisé plusieurs seaux d'eau qu'elle a réussi.

Ci riuscì solo dopo aver usato qualche secchio d'acqua.

Cependant, l'humidité nouvelle dans la pièce a nui à Gregor.

Tuttavia, la nuova umidità nella stanza nuoceva a Gregor.

Et il gisait, étendu de tout son long, amer et immobile sur le canapé.

E lui giaceva immobile, amareggiato e largo sul divano.

Mais ce n'était que sa première punition pour avoir aidé.

Ma quella fu solo la prima punizione per averla aiutata.

La sœur remarqua rapidement le changement dans la chambre de Gregor.

La sorella notò subito il cambiamento nella stanza di Gregor.

Et elle s'est précipitée dans le salon, extrêmement insultée.

E corse in soggiorno, profondamente offesa.

Sa mère leva les mains et tenta de la supplier.

Sua madre alzò le mani e cercò di implorarla.

Mais malgré une explicaîon sincère, elle a éclaté en sanglots.

Ma nonostante una spiegazione sincera, scoppiò a piangere.

Le père, bien sûr, sursauta et se leva de sa chaise.

Il padre, naturalmente, si alzò di soprassalto dalla sedia.

Et les deux parents regardaient, stupéfaits et impuissants.

E i due genitori guardavano, stupiti e impotenti.

Et finalement, leurs émotions s'agitèrent elles aussi.

E alla fine anche le loro emozioni si agitarono.

Le père a reproché à la mère ce qu'elle avait fait.

Il padre rimproverò la madre per ciò che aveva fatto.

« Tu aurais dû laisser la chambre à Grete pour qu'elle la nettoie. »

"Avresti dovuto lasciare la stanza a Grete perché la pulisse."

Grete a crié sur sa mère parce qu'elle avait nettoyé sa chambre.

Grete urlò alla madre perché gli stava pulendo la stanza.

«Tu n'as plus jamais le droit de nettoyer sa chambre !»

"Non ti sarà mai più permesso pulire la sua stanza!"

La mère a essayé d'entraîner le père dans la chambre.

La madre ha cercato di trascinare il padre in camera da letto.

La sœur resta seule dans la pièce, tremblante et sanglotant.

La sorella rimase nella stanza, tremante e singhiozzante.

Et elle frappa la table avec ses petits poings.

E batté i suoi piccoli pugni sul tavolo.

Et Gregor siffla bruyamment de colère contre eux tous.

E Gregor sibilò forte e arrabbiato contro tutti loro.

Pourquoi personne n'avait-il pensé à lui fermer la porte ?

Perché nessuno aveva pensato di chiudergli la porta?

Ils auraient pu lui épargner ce spectacle et ce bruit.

Avrebbero potuto risparmiargli questa vista e questo rumore.

Sa sœur était épuisée après être rentrée du travail.

La sorella era esausta dopo essere tornata a casa dal lavoro.

Et s'occuper de Gregor représentait encore plus de travail pour elle.

E prendersi cura di Gregor era ancora più impegnativo per lei.

Mais cela ne signifie pas que la mère aurait dû le faire.

Ma ciò non significava che la madre avrebbe dovuto farlo.

Gregor, en revanche, ne doit pas être négligé.

Gregor, d'altra parte, non dovrebbe essere trascurato.

Mais maintenant, ils avaient une nouvelle bonne qui pouvait faire ce genre de choses.

Ma ora avevano una nuova domestica che sapeva fare queste cose.

Une veuve âgée à la charpente osseuse robuste.

Un'anziana vedova dalla struttura ossea robusta.

Une stature qui l'a aidée à survivre à sa vie difficile.

Una statura che l'ha aiutata a sopravvivere alla sua vita difficile.

L'apparence de Gregor ne lui déplaisait pas vraiment.

Non provava alcuna vera avversione per l'aspetto di Gregor.

Elle avait ouvert la porte de la chambre de Gregor par inadvertance.

Aveva aperto accidentalmente la porta della stanza di Gregor.

Ce n'était pas par curiosité particulière à propos de la pièce.

Non era dettato da una particolare curiosità per la stanza.

Elle faisait simplement son travail et a ouvert la porte par hasard.

Stava semplicemente facendo il suo lavoro e per caso aprì la porta.

Gregor, bien sûr, fut complètement surpris par elle.

Gregor, naturalmente, ne fu completamente sorpreso.

Il n'était pas poursuivi, mais il courait d'avant en arrière.

Non era inseguito, ma correva avanti e indietro.

Elle croisa simplement les bras et le regarda ramper.

E lei incrociò le braccia e lo guardò strisciare.

Depuis lors, elle lui entrouvrait toujours un peu la porte.

Da allora, lei gli ha sempre aperto un po' la porta.

Un matin, elle a jeté un coup d'œil pour voir comment il allait.

Una mattina andò a vedere come stava.

Et le soir, elle est allée prendre de ses nouvelles avant de partir.

E la sera andò a controllare come stava, prima di andarsene.
Au début, elle a aussi essayé de l'appeler pour qu'il vienne la rejoindre.
All'inizio cercò anche di chiamarlo perché venisse da lei.
« Viens par ici, vieux bousier ! » disait-elle.
"Vieni qui, vecchio scarabeo stercorario!" diceva sempre.
Ou bien elle disait, amicalement : « Regardez ce vieux bousier ! »
Oppure diceva gentilmente: "Guarda quel vecchio scarabeo stercorario!".
Gregor n'a jamais réagi lorsqu'on lui parlait de cette façon.
Gregor non reagì mai quando gli si rivolse quel modo.
Il resta là, immobile, et l'ignora.
Lui rimase lì, immobile, e la ignorò.
« Si seulement on lui avait expliqué comment faire correctement son travail. »
"Se solo le avessero detto come svolgere correttamente il suo lavoro."
« Au lieu de me déranger, elle devrait nettoyer ma chambre. »
"Invece di disturbarmi dovrebbe pulire la mia stanza."
Tôt le matin, une forte pluie a frappé les fenêtres.
Una volta, la mattina presto, una forte pioggia colpì le finestre.
Peut-être la pluie était-elle déjà un signe du printemps à venir.
Forse la pioggia era già un segno dell'arrivo della primavera.
La bonne recommença à lui parler de cette façon.
La cameriera ricominciò a parlargli in quel modo.
Gregor était tellement amer qu'il se tourna vers elle.
Gregor era così amareggiato che si voltò verso di lei.
Il était lent et infirme, mais c'était une sorte d'attaque.
Era lento e infermo, ma si è trattato di una specie di attacco.
La bonne, en revanche, n'avait absolument pas peur de Gregor.
La cameriera, tuttavia, non aveva affatto paura di Gregor.
Au lieu de cela, elle souleva une chaise qui se trouvait près de la porte.

Invece, sollevò una sedia che si trovava vicino alla porta.

Et elle resta là, calmement, la bouche grande ouverte.

E lei rimase lì, calma, con la bocca spalancata.

Ses intentions étaient claires, même Gregor pouvait le voir.

Le sue intenzioni erano chiare, perfino Gregor se ne rendeva conto.

Et il se retourna lentement pour reprendre sa position initiale.

E si voltò lentamente, tornando alla sua posizione originale.

« Donc vous ne voulez pas vous approcher davantage, n'est-ce pas ? »

"Quindi non vuoi avvicinarti ulteriormente, vero?"

Et elle remit discrètement la chaise dans le coin.

E rimise silenziosamente la sedia nell'angolo.

Gregor ne mangeait presque plus rien.

Gregor ormai non mangiava quasi più niente.

Parfois, lors de ses promenades dans la pièce, il s'arrêtait.

A volte, mentre camminava per la stanza, si fermava.

Et il se retrouva à côté du repas qui lui avait été préparé.

E si ritrovò accanto al cibo preparato per lui.

Il mit la nourriture dans sa bouche, mais seulement pour jouer avec.

Si mise il cibo in bocca, ma solo per giocarci.

Et bien souvent, il le recrachait quelques heures plus tard.

E molto spesso lo sputava di nuovo dopo qualche ora.

Il essaya de trouver une raison à son manque d'appétit.

Cercò di trovare una ragione per la sua mancanza di appetito.

Peut-être parce qu'il était triste de l'état de sa chambre.

Forse perché era triste per lo stato della sua stanza.

Mais il s'était fait à l'idée des changements survenus dans la pièce.

Ma aveva fatto i conti con i cambiamenti avvenuti nella stanza.

Récemment, sa chambre était devenue une sorte de débarras.

Ultimamente la sua stanza era diventata una specie di ripostiglio.

Ils avaient pris l'habitude de laisser des choses là.
Avevano preso l'abitudine di lasciare le cose lì.
Et il restait maintenant beaucoup de choses de ce genre dans sa chambre.
E ora nella sua stanza c'erano ancora molte cose del genere.
Parce qu'une chambre de l'appartement avait été louée.
Perché una stanza dell'appartamento era stata affittata.
Trois messieurs sérieux louaient la chambre ensemble.
Tre seri signori affittavano insieme la stanza.
Gregor les avait aperçus un jour à travers une fente dans la porte.
Una volta Gregor li notò attraverso una fessura della porta.
Ils portaient des barbes fournies et étaient habillés avec un soin méticuleux.
Avevano la barba folta ed erano vestiti in modo molto curato.
Ils étaient scrupuleux quant à la propreté des lieux.
Erano scrupolosi nel mantenere tutto in ordine.
Leur obsession pour la propreté ne s'arrêtait pas à leur chambre.
La loro insistenza sull'ordine non si limitava alla loro stanza.
L'appartement entier devait être maintenu d'une propreté impeccable.
L'intero appartamento doveva essere mantenuto perfettamente pulito.
Ils étaient encore plus pointilleux sur l'apparence de la cuisine.
Erano ancora più esigenti riguardo all'aspetto della cucina.
Et ils ne supportaient aucun encombrement inutile.
E non potevano tollerare alcun disordine inutile.
Ils avaient également apporté leurs propres meubles.
Avevano portato con sé anche i propri mobili.
C'est pourquoi beaucoup de choses étaient devenues superflues.
Per questo motivo molte cose erano diventate superflue.
C'étaient des choses pour lesquelles personne n'aurait payé.
Erano cose per cui nessuno avrebbe pagato.

Mais la famille ne voulait pas non plus se débarrasser de ces objets.
Ma la famiglia non voleva nemmeno buttare via queste cose.
Tous ces objets ont fini quelque part dans la chambre de Gregor.
Tutte queste cose finirono da qualche parte nella stanza di Gregor.
Le cendrier de la cuisine se trouvait désormais dans sa chambre.
Ora la scatola della cenere della cucina era tenuta nella sua stanza.
Et les ordures étaient entreposées dans sa chambre jusqu'au jour de la collecte.
E la spazzatura veniva tenuta nella sua stanza fino al giorno della raccolta dei rifiuti.
La bonne a jeté dans sa chambre tout ce dont elle n'avait pas besoin.
La cameriera buttava nella sua stanza tutto ciò di cui non aveva bisogno.
Heureusement, il n'a vu que la main et l'objet.
Fortunatamente non vide altro che la mano e l'oggetto.
Elle comptait probablement revenir chercher les affaires plus tard.
Probabilmente intendeva tornare a prendere quelle cose più tardi.
Ou peut-être voulait-elle tout jeter d'un coup.
O forse voleva buttare via tutto in una volta.
Cependant, tout est resté là où il s'était initialement posé.
Tuttavia, tutto rimase dove era atterrato inizialmente.
À moins que Gregor n'ait déplacé les débris en se faufilant à travers.
A meno che Gregor non spostasse la roba strisciandoci dentro.
Au début, il a été obligé de ramper à travers tous les détritus.
All'inizio fu costretto a strisciare tra tutta quella spazzatura.
Il lui était impossible d'éviter cela.
Non aveva alcuna possibilità di evitarlo.

Mais plus tard, il a finalement trouvé du plaisir dans cette activité.

Ma in seguito trovò davvero piacere in questa attività.

Bien que ces efforts l'aient laissé triste et profondément fatigué.

Sebbene tale sforzo lo lasciasse triste e profondamente stanco.

Et ensuite, il est resté incapable de bouger pendant de nombreuses heures.

E dopo non riuscì a muoversi per molte ore.

Les locataires prenaient parfois leurs repas dans le salon.

A volte gli inquilini consumavano i pasti nel soggiorno.

La porte du salon restait fermée ces soirs-là.

La porta del soggiorno rimaneva chiusa quelle sere.

Mais Gregor n'avait aucune difficulté à ne pas ouvrir la porte à présent.

Ma Gregor non ebbe difficoltà a non aprire la porta.

Même lorsque la porte était ouverte, il ne regardait pas toujours dehors.

Anche quando la porta era aperta, non guardava sempre fuori.

Mais il s'allongea dans le coin le plus sombre de la pièce.

Ma lui si sdraiò nell'angolo più buio della stanza.

La famille n'a pas non plus remarqué son manque d'attention.

Nemmeno la famiglia notò la sua mancanza di attenzione.

Mais une fois, la bonne a laissé la porte ouverte.

Ma una volta la cameriera lasciò la porta aperta.

La porte est restée ouverte même au retour des locataires.

La porta rimase aperta anche quando gli inquilini tornarono.

Et la porte était ouverte quand la lumière a été allumée.

E la porta era aperta quando la luce è stata accesa.

L'homme était assis à la table où la famille dînait.

L'uomo era seduto al tavolo dove la famiglia stava cenando.

Autrefois, père, mère et Gregor étaient assis là.

In passato, lì sedevano padre, madre e Gregor.

Ils déplièrent les serviettes et prirent des couteaux et des fourchettes.

Aprirono i tovaglioli e presero coltelli e forchette.

La mère apparut sur le seuil avec un bol de viande.

La madre apparve sulla porta con una ciotola di carne.

Puis sa sœur est entrée avec un bol plein de pommes de terre.

Poi entrò la sorella con una ciotola piena di patate.

Les locataires se penchèrent sur les bols placés devant eux.

Gli inquilini si chinarono sulle ciotole poste davanti a loro.

L'épaisse fumée des aliments leur montait jusqu'au nez.

Il denso fumo del cibo saliva fino alle loro narici.

Mais ils n'avaient pas encore décidé s'ils allaient manger.

Ma non avevano ancora deciso se avrebbero mangiato quel cibo.

Peut-être renverraient-ils le plat en cuisine.

Forse avrebbero rimandato il pasto in cucina.

L'homme assis au milieu semblait être l'autorité.

L'uomo seduto al centro sembrava essere l'autorità.

Il a coupé la viande pour déterminer si elle était suffisamment tendre.

Tagliò la carne per vedere se era abbastanza tenera.

Il était satisfait de l'odeur et de l'apparence des aliments.

Era soddisfatto dell'odore e dell'aspetto del cibo.

La mère et la sœur les observaient avec anxiété.

La madre e la sorella li osservavano con ansia.

Et ils commencèrent à sourire, poussant un soupir de soulagement accumulé.

E cominciarono a sorridere con un sospiro di sollievo.

La famille allait elle-même manger dans la cuisine.

La famiglia stessa avrebbe mangiato in cucina.

Mais avant cela, le père alla voir comment allaient les locataires.

Ma prima il padre andò a controllare gli inquilini.

Il s'inclina une fois, tenant sa casquette de travail à la main.

Fece un inchino, tenendo in mano il berretto da lavoro.

Et il fit le tour de la table, saluant chaque invité.

E fece un giro intorno al tavolo, verso ogni ospite

Les locataires se levèrent tous en marmonnant dans leur barbe.

Tutti gli inquilini si alzarono in piedi, borbottando tra le loro barbe.

Après son départ, ils mangèrent dans un silence presque complet.

Dopo che se ne fu andato mangiarono in un silenzio quasi assoluto.

Gregor trouvait étrange d'entendre des bruits de mastication.

A Gregor sembrava strano sentire qualcuno che masticava.

Aucun autre aspect du repas ne semblait produire le moindre son.

Nessun altro aspetto del mangiare sembrava produrre alcun suono.

Mais il pouvait distinctement entendre des dents grincer.

Ma riusciva a sentire distintamente i denti digrignare.

Ils semblaient lui dire qu'il avait besoin de dents pour manger.

Sembrava che gli stessero dicendo che aveva bisogno di denti per mangiare.

« On ne peut rien faire si on n'a plus de dents dans la mâchoire. »

"Non puoi fare nulla se hai le mascelle senza denti."

« J'aimerais manger quelque chose », dit Gregor avec anxiété.

"Vorrei mangiare qualcosa", disse Gregor ansioso.

« Mais je n'ai aucun appétit pour ce que vous mangez tous. »

"Ma non ho appetito per quello che state mangiando."

« Regardez ces locataires manger, et moi je meurs de faim. »

"Guarda come mangiano questi inquilini, e io sono qui a morire di fame."

Ce soir-là, Gregor pensait justement au violon.

Quella sera Gregor pensò per caso al violino.

Il n'avait plus entendu le violon depuis la transformation.

Non aveva più sentito il violino dopo la trasformazione.

Mais ce soir-là, un bruit est venu de la cuisine.

Ma poi, quella sera, un rumore provenne dalla cucina.

Les messieurs avaient déjà terminé leur repas du soir.

I signori avevano già terminato la cena.

L'homme du milieu avait commencé à lire un journal.
Il signore di mezzo aveva iniziato a leggere un giornale.
Il avait donné une feuille à chacun des deux autres messieurs.
Aveva dato un foglio a ciascuno degli altri due signori.
Et maintenant, ils étaient affalés en arrière, en train de lire et de fumer.
E ora se ne stavano seduti, leggendo e fumando.
Lorsque le violon commença à jouer, ils devinrent attentifs.
Quando il violino cominciò a suonare, diventarono attenti.
Ils se levèrent et marchèrent sur la pointe des pieds jusqu'à la porte de l'antichambre.
Si alzarono e camminarono in punta di piedi verso la porta dell'anticamera.
Ils se tenaient là, blottis les uns contre les autres, écoutant à la porte.
Rimasero lì, rannicchiati l'uno contro l'altro, ad ascoltare dalla porta.
La famille a dû entendre les hommes qui étaient dans la cuisine.
La famiglia deve aver sentito gli uomini dalla cucina.
Car le père les appela et leur demanda :
Perché il padre li chiamò e chiese loro:
« Le violon ne serait-il pas inconfortable pour ces messieurs ? »
"Forse il violino è scomodo per i signori?"
« Si la musique ne vous plaît pas, on peut s'arrêter immédiatement. »
"Se non ti piace la musica possiamo fermarci immediatamente."
« Au contraire », dit celui du milieu des messieurs.
«Al contrario», disse il mezzo dei signori.
« La jeune fille aimerait-elle jouer du violon dans notre chambre ? »
"La signorina vorrebbe suonare il violino nella nostra stanza?"
« C'est nettement plus confortable et chaleureux ici. »
"Qui è decisamente molto più comodo e accogliente."

Le père répondit comme s'il était lui-même le violoniste.
Il padre rispose come se fosse lui stesso il violinista.
« Oh, je vous en prie, ce serait merveilleux », s'écria le père.
"Oh, per favore, sarebbe meraviglioso", esclamò il padre.
Les messieurs retournèrent au salon et attendirent.
I signori tornarono in soggiorno e aspettarono.
Peu après, le père entra dans la pièce avec le pupitre.
Poco dopo il padre entrò nella stanza con il leggio.
La mère entra dans la pièce avec le livre de musique.
La madre entrò nella stanza con il libro di musica.
Et la sœur entra dans la pièce avec le violon.
E la sorella entrò nella stanza con il violino.
Elle a calmement tout préparé pour jouer du violon.
Preparò con calma tutto per suonare il violino.
Les parents exagéraient leur politesse et leurs bonnes manières.
I genitori esagerarono nella cortesia e nelle buone maniere.
Ils n'avaient jamais loué de chambres à des locataires auparavant.
Non avevano mai affittato stanze a degli inquilini prima.
Et ils n'osaient même pas s'asseoir sur leurs propres chaises.
E non osavano nemmeno sedersi sulle loro sedie.
Au lieu de s'asseoir, le père s'appuya contre la porte.
Invece di sedersi, il padre si appoggiò alla porta.
Sa main droite était coincée entre deux boutons de son manteau.
La sua mano destra era tra due bottoni del cappotto.
Un monsieur a toutefois offert une chaise à la mère.
Alla madre, tuttavia, fu offerta una sedia da un signore.
Mais elle s'assit là où le monsieur avait placé la chaise.
Ma lei si sedette dove il signore aveva messo la sedia.
Et il n'avait pas placé la chaise à un endroit précis.
E non aveva messo la sedia in nessun posto particolare.
La mère s'assit donc à l'écart de tout le monde, dans un coin.
Così la madre si sedette in un angolo, lontana da tutti.
Et finalement, la sœur s'est mise à jouer du violon.
E infine la sorella cominciò a suonare il violino.

**Les parents, placés de part et d'autre, suivaient
attentivement.**

I genitori, su fronti opposti, prestarono molta attenzione.

**Et ils observaient attentivement chacun des mouvements de
sa main.**

E osservavano attentamente ogni movimento della sua mano.

Gregor était également attiré par le jeu du violon.

Gregor era attratto anche dal suonare il violino.

Et il s'aventura un peu plus loin hors de sa chambre.

E si avventurò un po' più lontano fuori dalla sua stanza.

Il avait déjà la tête dans le salon.

Lui era già con la testa dentro il soggiorno.

Il était très fier d'être très attentionné.

Un tempo era molto orgoglioso di essere molto premuroso.

**Mais récemment, il ne remettait guère en question son
manque d'attention.**

Ma ultimamente non ha più messo in discussione la sua
mancanza di cure.

**Même s'il avait maintenant plus de raisons de se cacher
qu'auparavant.**

Anche se ora aveva più motivi di nascondersi rispetto a prima.

**Parce que sa chambre était recouverte de poussière et de
saletés diverses.**

Perché la sua stanza era ricoperta di polvere e sporcizia varia.

**Le moindre mouvement soulevait toutes sortes
d'immondices.**

Il minimo movimento sollevava ogni sorta di sporcizia.

**Toute cette saleté lui collait à la peau : poussière, cheveux,
restes de nourriture.**

Tutto quello sporco gli era rimasto attaccato: polvere, capelli,
resti di cibo.

Il aurait pu frotter la saleté contre le tapis.

Avrebbe potuto strofinare via lo sporco sul tappeto.

C'était quelque chose qu'il faisait plusieurs fois par jour.

Era un'operazione che faceva più volte al giorno.

Mais son indifférence à tout était bien trop grande.

Ma la sua indifferenza verso tutto era troppo grande.

Il n'avait donc pas peur d'aller un peu plus loin.
Quindi non aveva paura di andare un po' più avanti.
Et il s'est installé sur le sol impeccable du salon.
E si spostò sul pavimento immacolato del soggiorno.
Cependant, personne ne l'a remarqué, ni ne lui a prêté attention.
Tuttavia nessuno se ne accorse né gli prestò attenzione.
La famille était complètement absorbée par le concert.
La famiglia era completamente assorbita dal concerto.
Les messieurs, quant à eux, ont d'abord battu en retraite.
I signori, d'altro canto, inizialmente si ritirarono.
Et ils se tenaient tout près, derrière le pupitre de la sœur.
E si fermarono proprio dietro il leggio della sorella.
S'ils avaient regardé, ils auraient pu voir les notes de musique.
Se avessero guardato avrebbero potuto vedere le note musicali.
Cela aurait évidemment perturbé la sœur.
Ciò, naturalmente, avrebbe turbato la sorella.
Alors, au lieu de s'asseoir, ils restèrent debout près de la fenêtre.
Poi si fermarono vicino alla finestra, invece di sedersi.
Les mains dans les poches, ils continuaient à parler.
Continuavano a parlare con le mani in tasca.
Ils restèrent là tandis que le père les observait avec anxiété.
Rimasero lì mentre il padre osservava con ansia.
On avait l'impression qu'ils avaient d'autres attentes.
Si aveva l'impressione che avessero altre aspettative.
Et il semblait vraiment qu'ils avaient été déçus.
E sembrava davvero che fossero rimasti delusi.
Il semblait qu'ils en avaient assez du spectacle.
Sembrava che ne avessero abbastanza della performance.
Ils avaient laissé le violon troubler leur tranquillité.
Avevano permesso al violino di disturbare la loro pace.
Et ils ne toléraient la musique que par politesse.
E tolleravano la musica solo per cortesia.

La façon dont ils ont dissipé la fumée était particulièrement troublante.

Il modo in cui soffiavano via il fumo era particolarmente inquietante.

Et pourtant, elle jouait du violon avec une telle beauté.

Eppure suonava il violino in modo così meraviglioso.

Son visage était légèrement incliné sur le côté, sur le violon.

Il suo viso era leggermente inclinato di lato, sul violino.

Son regard parcourait tristement les lignes de la musique.

I suoi occhi scrutavano tristemente le linee della musica.

Gregor se sentait un peu plus attiré par le salon.

Gregor si sentì trascinato un po' di più nel soggiorno.

Il gardait la tête près du sol, mais regardait vers le haut.

Teneva la testa vicina al terreno, ma guardava verso l'alto.

Peut-être que de cette façon, le regard de sa sœur croiserait le sien.

Forse in questo modo lo sguardo di sua sorella avrebbe potuto incrociare i suoi.

Peut-on vraiment dire qu'il n'était qu'un animal ?

Si può davvero dire che fosse solo un animale?

Était-il un animal si la musique pouvait le captiver à ce point ?

Era forse un animale se la musica riusciva a catturarlo così tanto?

Il avait l'impression qu'on lui montrait un chemin vers une nourriture inconnue.

Aveva la sensazione che gli fosse stata indicata una via verso un nutrimento sconosciuto.

C'était peut-être là le réconfort qui lui manquait.

Forse era questo il sostentamento che gli mancava.

Il était déterminé à rejoindre sa sœur.

Era determinato a raggiungere la sorella.

Il avait envie de tirer sur sa jupe pour attirer son attention.

Voleva tirarle la gonna per attirare la sua attenzione.

Il voulait lui faire comprendre qu'il l'invitait.

Voleva darle un segnale di invito.

« Viens jouer du violon dans ma chambre », aurait-il voulu dire.

"Vieni a suonare il violino nella mia stanza", avrebbe voluto dire.

Il souhaitait qu'elle soit récompensée pour sa magnifique musique.

Voleva che venisse ricompensata per la sua meravigliosa musica.

« Personne ici ne te récompense pour jouer du violon. »

"Nessuno qui ti premia per aver suonato il violino."

Il ne voulait plus la laisser sortir de sa chambre.

Non voleva più lasciarla uscire dalla sua stanza.

Il voulait qu'elle reste avec lui aussi longtemps qu'il vivrait.

Voleva che lei restasse con lui per tutto il tempo della sua vita.

Pour la première fois, sa transformation eut un avantage.

Per la prima volta la sua trasformazione ebbe un effetto positivo.

Sa difformité allait enfin lui être utile.

La sua deformità gli sarebbe finalmente tornata utile.

Il voulait être présent simultanément aux quatre portes.

Voleva essere presente a tutte e quattro le porte contemporaneamente.

Il avait envie de les siffler et de leur cracher dessus de tous les côtés.

Voleva sibilare e sputare contro di loro da ogni angolazione.

Sa sœur ne devrait pas être forcée de rester avec lui.

Sua sorella non dovrebbe essere costretta a stare con lui.

Il voulait qu'elle choisisse volontairement de rester avec lui.

Voleva che lei scegliesse volontariamente di restare con lui.

Elle allait s'asseoir à côté de lui et se pencher vers lui.

Lei si sarebbe seduta accanto a lui e si sarebbe chinata verso di lui.

Et il allait lui parler de l'école de musique.

E lui le avrebbe parlato della scuola di musica.

Il avait la ferme intention de l'envoyer à l'académie.

Aveva la ferma intenzione di mandarla all'accademia.

Il en aurait parlé à tout le monde à Noël dernier.

Ne avrebbe parlato a tutti lo scorso Natale.
Noël était-il déjà passé ?
Il Natale era davvero già arrivato e passato?
Et il n'aurait laissé personne le dissuader.
E non avrebbe permesso a nessuno di dissuaderlo.
Mais un accident malheureux a tout arrêté.
Ma poi lo sfortunato incidente fermò tutto.
La sœur aurait été submergée par l'émotion.
La sorella sarebbe stata sopraffatta dall'emozione.
Et Gregor aurait alors grimpé jusqu'à son épaule.
E poi Gregor si sarebbe arrampicato sulla sua spalla.
Et il l'aurait réconfortée en l'embrassant dans le cou.
E lui l'avrebbe confortata baciandole il collo.
« Monsieur Samsa ! » appela l'homme au milieu au père.
«Signor Samsa!» chiamò il padre l'uomo al centro.
Il pointait Gregor du doigt.
Stava indicando Gregor con l'indice.
Gregor traversait lentement le salon.
Gregor si muoveva lentamente sul pavimento del soggiorno.
Le jeu du violon s'est très vite tu.
Il suono del violino tacque molto rapidamente.
Celui du milieu sourit à ses amis.
L'uomo al centro sorrise ai suoi amici.
Puis il secoua la tête et regarda Gregor.
Poi scosse la testa e tornò a guardare Gregor.
Le père aurait pu forcer Gregor à retourner dans sa chambre.
Il padre avrebbe potuto costringere Gregor a tornare nella sua
stanza.
**Mais ce n'était pas la première action qu'il décida
d'entreprendre.**
Ma quella non fu la prima azione che decise di intraprendere.
Il estimait qu'il était plus important de calmer ces messieurs.
Pensò che fosse più importante calmare i signori.
Bien qu'ils ne fussent pas vraiment contrariés par Gregor.
Anche se in realtà non erano affatto turbati da Gregor.
Gregor semblait plus divertissant que le jeu de violon.
Gregor sembrava più divertente del violino.

Il s'est précipité vers eux, les bras tendus.
Si precipitò verso di loro con le braccia tese.
Il faisait de son mieux pour leur cacher la vue de Gregor.
Stava facendo del suo meglio per nascondere la loro visione di Gregor.
Et il a essayé de les faire retourner dans leur chambre.
E cercò di incoraggiarli a tornare nella loro stanza.
Au contraire, cela les a un peu agacés.
Se non altro, questo li ha infastiditi un po'.
Mais il était difficile de dire exactement ce qui les agaçait.
Ma era difficile dire cosa esattamente li infastidisse.
Le père gâchait le divertissement de la soirée.
Il padre stava rovinando il divertimento della serata.
Mais ils venaient aussi d'apprendre l'existence de leur nouveau colocataire.
Ma avevano anche appena saputo del loro nuovo coinquilino.
Ils levèrent les mains comme l'avait fait leur père.
Alzarono le mani proprio come aveva fatto il padre.
Ils ont exigé une explication immédiate du père.
Chiesero al padre una spiegazione immediata.
Ils tiraient nerveusement sur leur barbe, cherchant une réponse.
Si tiravano irrequieti la barba in cerca di una risposta.
Et ils reculèrent jusqu'à leur chambre, mais très lentement.
E tornarono indietro verso la loro stanza, ma molto lentamente.
L'interruption avait plongé la sœur dans une sorte de transe.
L'interruzione aveva mandato la sorella in trance.
Elle laissa pendre le violon et l'archet le long de son corps.
Lasciò che il violino e l'archetto pendessero al suo fianco.
Et elle regarda la partition comme si elle jouait encore.
E guardò lo spartito come se stesse ancora suonando.
Mais soudain, elle est revenue dans la pièce.
Ma poi all'improvviso si ritrasse nella stanza.
Et elle avait désormais surmonté le sentiment d'être perdue.
E ora aveva superato la sensazione di essersi persa.

Elle a posé l'instrument de musique sur les genoux de sa mère.

Mise lo strumento musicale in grembo alla madre.

La mère était assise sur la chaise, respirant bruyamment.

La madre era seduta sulla sedia e respirava affannosamente.

Et puis la sœur a dû courir dans la pièce voisine.

E poi la sorella dovette correre nella stanza accanto.

Elle devait tout préparer pour les messieurs.

Doveva preparare tutto per i signori.

Elle a jeté les couvertures et les coussins en l'air.

Lanciò in aria coperte e cuscini.

Et de ses mains expertes, elle a disposé toute la literie.

E con le sue mani esperte sistemò tutta la biancheria da letto.

Elle avait terminé avant que les messieurs n'atteignent la pièce.

Aveva finito prima che i signori arrivassero nella stanza.

Et elle s'est éclipsée avant de les gêner.

E lei è riuscita a scappare prima di intralciarli.

Le père semblait prisonnier de son propre entêtement.

Il padre sembrava essere sopraffatto dalla propria testardaggine.

Et il oublia ainsi tout le respect qu'il devait à ses locataires.

E così dimenticò tutto il rispetto che doveva ai suoi inquilini.

Il a insisté sans relâche jusqu'à ce que leur porte-parole s'y oppose.

Ha insistito e insistito finché il loro portavoce non ha obiettato.

Il a tapé du pied avec colère en arrivant à la porte.

Quando arrivò alla porta, batté il piede con rabbia.

Et c'est ainsi qu'il immobilisa le père.

E così facendo fermò il padre.

« Par la présente, je déclare », commença-t-il en s'adressant à son propriétaire.

"Con la presente dichiaro", cominciò a dire rivolgendosi al suo padrone di casa.

Et il leva la main, regardant toute la famille.

E alzò la mano, guardando tutta la famiglia.

« En ce qui concerne l'état répugnant de la chambre ; »

"Per quanto riguarda le disgustose condizioni della stanza;"
Et il s'assurait que tous écoutaient ses paroles.
E si assicurò che tutti ascoltassero le sue parole.
« Par la présente, je vous informe que je vais libérer ma chambre. »
"Con la presente comunico che lascerò la mia stanza."
Et il a appuyé son propos en crachant par terre.
E ha ulteriormente ribadito il suo punto sputando per terra.
« Je ne paierai pas non plus pour les jours que j'ai passés ici. »
"Non pagherò nemmeno per i giorni che ho vissuto qui."
Il n'était cependant pas entièrement satisfait de ce remboursement.
Tuttavia, non era del tutto soddisfatto di questo rimborso.
« Et j'envisagerai de formuler d'autres demandes à votre encontre. »
"E prenderò in considerazione la possibilità di avanzare altre richieste nei tuoi confronti."
« Croyez-moi, de telles demandes seront très faciles à justifier. »
"Credetemi, tali richieste saranno molto facili da giustificare."
Il resta silencieux et regarda droit devant lui, vers son père.
Rimase in silenzio e guardò dritto davanti a sé il padre.
Il semblait s'attendre à ce qu'il se passe quelque chose de plus.
Sembrava che si aspettasse qualcosa di più.
En fait, ses deux amis ont immédiatement eu la même idée.
Infatti, i suoi due amici ebbero subito la stessa idea.
« Nous annulons également nos réservations de chambres », ont-ils déclaré à l'unisson.
"Anche noi cancelleremo le nostre camere", dissero all'unisono.
Il a alors saisi la poignée de la porte et l'a fermée.
Poi afferrò la maniglia della porta e la chiuse.
Et dans un grand fracas, ils s'enfermèrent dans leur chambre.
E con un forte botto si chiusero nella loro stanza.

Le père s'est dirigé en titubant vers sa chaise, les mains tâtonnantes.
Il padre barcollò verso la sedia, brancolando.
Et il se laissa tomber sur la chaise, vaincu.
E si lasciò cadere sulla sedia, sconfitto.
On aurait dit qu'il allait faire sa sieste habituelle du soir.
Sembrava che stesse per fare il suo solito pisolino serale.
Mais sa tête hocha presque comme si elle n'était pas soutenue.
Ma la sua testa annuì, quasi come se non fosse sostenuta.
Et on pouvait voir qu'il ne dormait pas du tout.
E si vedeva che non dormiva affatto.
Durant tout ce temps, Gregor n'avait pas bougé de sa place.
Durante tutto questo tempo Gregor non si era mosso dal suo posto.
Il était toujours là où les messieurs l'avaient aperçu pour la première fois.
Si trovava ancora dove i signori lo avevano visto la prima volta.
Même s'il avait voulu déménager, il trouvait cela impossible.
Anche se avesse voluto muoversi, gli sarebbe stato impossibile.
À cause de sa déception, ou à cause de sa faim.
A causa della sua delusione o della sua fame.
Il était déçu par l'échec de son plan.
Era deluso dal fallimento del suo piano.
Et il était affaibli par la faim persistante qu'il ressentait.
Ed era debole a causa della fame prolungata che provava.
Il était certain que tout le monde se retournerait contre lui à tout moment.
Era sicuro che tutti gli si sarebbero rivoltati contro da un momento all'altro.
C'est avec cette certitude d'un effondrement imminent qu'il attendit.
Con questa aspettativa di un crollo imminente attese.
Le violon commença à glisser des genoux de sa mère.
Il violino cominciò a scivolare dal grembo della madre.

Dans un fracas retentissant, le violon tomba au sol.
Con un suono rimbombante il violino cadde a terra.
Mais même ce bruit soudain et fracassant ne l'a pas surpris.
Ma nemmeno questo improvviso rumore di schianto lo spaventò.
« Chers parents, dit la sœur, cela ne peut pas continuer. »
«Cari genitori», disse la sorella, «questo non può continuare».
Et elle a frappé du poing sur la table pour appuyer ses propos.
E sbatté la mano sul tavolo per sottolineare il suo punto.
« Je ne prononcerai pas le nom de mon frère devant ce monstre. »
"Non pronuncerò il nome di mio fratello davanti a questo mostro."
« C'est pourquoi je le dis aussi crûment que possible : »
"Ecco perché lo dico nel modo più schietto possibile:"
«Nous n'avons pas d'autre choix que de nous débarrasser de cet animal.»
"Non abbiamo altra scelta che sbarazzarci di questo animale."
« Nous avons fait de notre mieux pour tolérer et prendre soin de cet animal. »
"Abbiamo fatto del nostro meglio per tollerare e prenderci cura di questo animale."
« Je ne pense pas que quiconque puisse nous blâmer, même légèrement. »
"Non credo che nessuno possa minimamente biasimarci."
« Elle a mille fois raison », a acquiescé le père.
"Ha mille volte ragione", concordò il padre.
La mère n'avait pas encore complètement repris son souffle.
La madre non aveva ancora ripreso completamente fiato.
Elle se mit à tousser sourdement dans sa main, la respiration lourde.
Iniziò a tossire debolmente nella mano, respirando affannosamente.
Et une expression de folie commença à apparaître dans ses yeux.
E un'espressione folle cominciò a delinearsi nei suoi occhi.

La sœur s'est précipitée vers sa mère et lui a pris le front.
La sorella corse dalla madre e le tenne la fronte.
Les paroles de la sœur semblaient inspirer le père.
Il padre sembrò essere ispirato dalle parole della sorella.
Et ses pensées semblaient plus claires qu'auparavant.
E i suoi pensieri sembravano più chiari di prima.
Il cessa d'acquiescer et se redressa.
Smise di annuire e si raddrizzò.
Et il jouait avec la casquette de son serviteur, plongé dans ses pensées.
E giocherellò con il berretto del suo servitore, immerso nei suoi pensieri.
Les assiettes des locataires étaient encore sur la table.
I piatti degli inquilini erano ancora sul tavolo.
Et il regardait parfois vers Gregor, qui restait silencieux.
E ogni tanto guardava verso il silenzioso Gregor.
« Nous devons essayer de nous en débarrasser », lui dit sa sœur.
«Dobbiamo cercare di sbarazzarcene», gli disse la sorella.
La mère était trop occupée à tousser pour écouter.
La madre era troppo impegnata a tossire per ascoltare.
« Ça va vous tuer tous les deux, je le vois déjà venir. »
"Vi ucciderà entrambi, lo vedo già arrivare."
«Nous ne pouvons pas tous continuer à travailler aussi dur que nous le faisons.»
"Non possiamo continuare a lavorare così duramente."
« Et chaque jour, nous devons rentrer chez nous et subir ce supplice. »
"E ogni giorno dobbiamo tornare a casa e trovare questa tortura."
« Nous n'en pouvons plus. Je n'en peux plus. »
"Non possiamo più sopportarlo. Io non posso sopportarlo."
Elle s'est effondrée dans les bras de sa mère, en larmes une dernière fois.
Si gettò verso la madre in un ultimo scoppio di lacrime.
Les larmes coulèrent sur son visage et sur celui de sa mère.
Le lacrime le rigavano il viso e finivano su quello della madre.

Et elle essuya ses larmes d'un geste machinal.

E si asciugò le lacrime con un movimento meccanico.

« Mon enfant », dit le père d'une voix compatissante.

«Figlio mio», disse il padre con voce compassionevole.

Il y avait une profonde sympathie et une grande compréhension dans sa voix.

Nella sua voce si percepiva profonda compassione e comprensione.

« Mais que devons-nous faire ? » avoua-t-il ne pas savoir.

"Ma cosa dovremmo fare?" confessò di non saperlo.

La sœur haussa simplement les épaules, impuissante.

La sorella si limitò ad alzare le spalle, impotente.

Et sa confiance d'antan fit de nouveau place aux larmes.

E la sua precedente sicurezza fu di nuovo sostituita dalle lacrime.

« Si seulement il nous comprenait », dit le père à voix haute.

"Se solo ci capisse", disse il padre ad alta voce.

Et il se demandait à moitié si Gregor avait compris.

E si chiese se forse Gregor avesse capito.

La sœur lui a secoué la main violemment en pleurant.

La sorella si è limitata a stringerle la mano con violenza, piangendo.

Elle a donc indiqué qu'il ne fallait pas envisager cette idée.

E così fece segno che non si doveva prendere in considerazione quell'idea.

« Mais si seulement il nous comprenait », répéta le père.

"Ma se solo ci capisse", ripeté il padre.

Les yeux fermés, il réfléchit à la réponse de sa sœur.

Chiudendo gli occhi rifletté sulla risposta della sorella.

« S'il comprenait qu'un accord pouvait être conclu avec lui. »

"Se capisse, si potrebbe raggiungere un accordo con lui."

« Mais vu la situation actuelle… »

"Ma visto come stanno le cose..."

«Il faut l'enlever,» s'écria la sœur, «c'est la seule solution.»

"Deve andare", gridò la sorella, "è l'unico modo."

«Il faut vous débarrasser de l'idée que c'est Gregor.»

"Devi liberarti del pensiero che sia Gregor."

« Notre véritable malheur, c'est d'y avoir cru si longtemps. »

"La nostra vera sfortuna è stata crederci così a lungo."

« Mais comment est-ce possible que ce soit Gregor ? »
demanda-t-elle à son père.

"Ma come può essere Gregor?" chiese al padre.

« Il savait qu'un tel animal ne pouvait pas coexister avec les
humains. »

"Sapeva che un simile animale non può coesistere con gli
esseri umani."

« Gregor nous aurait quittés depuis longtemps,
volontairement. »

"Gregor ci avrebbe lasciato molto tempo fa, volontariamente."

« C'est vrai, nous n'aurions alors plus de frère. »

"È vero, allora non avremmo più nessun fratello."

« Mais nous pourrions continuer à vivre et à honorer sa
mémoire. »

"Ma potremmo continuare a vivere e onorare la sua memoria."

« Mais cette bête nous poursuit et chasse nos locataires. »

"Ma questa bestia ci insegue e scaccia i nostri inquilini."

« De toute évidence, il veut s'emparer de tout l'appartement.
»

"Ovviamente vuole impossessarsi dell'intero appartamento."

« Cette bête veut nous faire dormir dans la rue. »

"Questa bestia vuole farci dormire per strada."

« Regarde, papa, » s'écria-t-elle soudain, « il bouge à
nouveau ! »

«Guarda, padre», gridò all'improvviso, «si sta muovendo di
nuovo!»

Et elle fit quelque chose que même Gregor ne put
comprendre.

E fece una cosa che nemmeno Gregor riuscì a capire.

Elle se repoussa, comme pour sacrifier sa mère.

Si spinse via, come se stesse sacrificando la madre.

Et elle a couru derrière son père pour trouver une sorte de
sécurité.

E corse dietro al padre per mettersi in salvo.

Le père n'était agité que parce que sa fille l'était.

Il padre era agitato solo perché lo era sua figlia.

Mais lui aussi se leva et leva les bras au-dessus d'elle.

Ma poi anche lui si alzò e alzò le braccia verso di lei.

Mais Gregor n'avait aucune intention d'effrayer qui que ce soit.

Ma Gregor non aveva alcuna intenzione di spaventare nessuno.

Il n'avait surtout aucune intention d'effrayer sa sœur.

In particolare, non aveva intenzione di spaventare sua sorella.

Il essayait simplement de faire demi-tour pour retourner dans sa chambre.

Stava solo cercando di tornare indietro verso la sua stanza.

Mais, compte tenu de l'aggravation de son état, même cela devenait difficile.

Ma, viste le sue condizioni in peggioramento, anche questo era difficile.

Et il ne pouvait plus se servir pleinement de ses jambes.

E non aveva più il pieno uso di tutte le gambe.

Il utilisa donc sa tête pour soulever son corps et se retourner.

Quindi usò la testa per sollevare il corpo e girarsi.

Il marqua une pause et chercha l'approbation de sa famille du regard.

Fece una pausa e si guardò intorno in cerca dell'approvazione della famiglia.

Il semble que sa bonne intention ait été reconnue.

Sembrava che le sue buone intenzioni fossero state riconosciute.

Son mouvement ne leur avait procuré qu'un choc momentané.

Il suo movimento era stato per loro solo uno shock momentaneo.

À présent, ils le regardaient tous en silence, visiblement malheureux.

Ora tutti lo guardavano in un silenzio infelice.

La mère était toujours allongée dans le fauteuil, épuisée.

La madre era ancora sdraiata sulla poltrona, esausta.

Le père et la sœur étaient assis l'un à côté de l'autre.

Il padre e la sorella erano seduti uno accanto all'altra.

**« Peut-être qu'ils me laisseront faire demi-tour maintenant »,
pensa Gregor.**

"Forse ora mi lasceranno tornare indietro", pensò Gregor.

**Et il continua à effectuer son mouvement de rotation
maladroit.**

E continuò a fare il suo goffo movimento di svolta.

**Il ne pouvait réprimer les halètements occasionnels dus à
l'effort.**

Non riusciva a reprimere gli occasionali sussulti dovuti allo
sforzo.

**Et il a été contraint de se reposer à plusieurs reprises entre-
temps.**

E nel frattempo fu costretto a riposarsi un paio di volte.

Plus personne ne le pressait ; c'était à lui de décider.

Nessuno lo costringeva più ad affrettarsi: la decisione spettava
a lui.

Finalement, il acheva ce virage lent et douloureux.

Alla fine completò la lenta e dolorosa svolta.

Il se dirigea aussitôt vers sa chambre.

Cominciò subito a camminare verso la sua stanza.

Il était stupéfait de la distance qui le séparait de sa chambre.

Rimase stupito dalla distanza che lo separava dalla sua stanza.

**Comment, malgré sa faiblesse, avait-il réussi à y parvenir
auparavant ?**

Come aveva fatto, nonostante la sua debolezza, ad arrivare fin
lì prima?

**Il avait emprunté presque le même chemin sans s'en
apercevoir.**

Aveva percorso quasi lo stesso cammino senza accorgersene.

**Il se concentrait simplement sur le fait de ramper aussi vite
qu'il le pouvait.**

Ora si concentrò solo sul gattonare il più velocemente
possibile.

L'absence de commentaires ne le dérangeait pas.

La mancanza di commenti da parte di nessuno non lo turbò.

Ce n'est que lorsqu'il fut déjà à l'intérieur qu'il tourna la tête.

Solo quando fu già sulla porta girò la testa.

Mais il n'a pas pu se retourner complètement.

Ma non riuscì a girarsi per guardare indietro completamente.

Car il sentit sa nuque se raidir encore davantage en se tournant.

Perché sentiva il collo irrigidirsi ancora di più mentre si girava.

Mais il constata que rien n'avait changé derrière lui.

Ma vide che comunque dietro di lui non era cambiato nulla.

La seule différence, c'est que sa sœur s'était levée.

L'unica differenza era che sua sorella si era alzata.

Son dernier regard lui montra que sa mère s'était endormie.

L'ultima occhiata gli rivelò che sua madre si era addormentata.

Dès qu'il fut entré dans sa chambre, la porte fut fermée.

Non appena fu nella sua stanza, la porta fu chiusa.

Et dès que la porte fut fermée, le verrouilla.

E non appena la porta fu chiusa, il grassetto fu bloccato.

Gregor fut effrayé par le bruit inattendu derrière lui.

Gregor si spaventò per il rumore inaspettato che proveniva da dietro.

Et ses jambes fléchirent sous lui, surprises par la soudaineté.

E le sue gambe cedettero per l'improvvisa sorpresa.

C'est sa sœur qui s'était précipitée vers la porte derrière lui.

Era la sorella che si era precipitata alla porta dietro di lui.

Elle s'était déjà dressée, et l'attendait.

Lei era già lì, in piedi, e lo aspettava.

Elle fit alors un petit saut en avant sans que Gregor ne l'entende.

Poi fece un balzo in avanti con leggerezza, senza che Gregor la sentisse.

« Enfin ! » s'écria-t-elle en tournant la clé.

"Finalmente!" gridò ad alta voce, mentre girava la chiave.

« Et maintenant ? » se demanda Gregor, seul dans l'obscurité.

"E adesso?" si chiese Gregor, solo al buio.

Il s'aperçut bientôt qu'il ne pouvait plus bouger du tout.

Ben presto scoprì di non riuscire più a muoversi.

Mais son immobilité ne le surprenait pas vraiment.

Ma la sua immobilità non lo sorprese affatto.

Pouvoir se déplacer sur des jambes aussi fines semblait ridicule.

Riuscire a muoversi con gambe così sottili sembrava ridicolo.

Il ne savait pas comment il avait pu y parvenir.

Non sapeva come ci fosse riuscito.

Mais à part ça, il se sentait relativement à l'aise.

Ma a parte questo si sentiva relativamente a suo agio.

Il est vrai qu'il ressentait une douleur intense dans tout le corps.

È vero che sentiva un dolore profondo in tutto il corpo.

Mais la douleur semblait s'atténuer de plus en plus.

Ma il dolore sembrava farsi sempre più debole.

Et il avait l'impression que la douleur finirait par disparaître.

E sentiva che alla fine il dolore sarebbe scomparso.

Il sentait à peine la pomme pourrie dans son dos.

Ormai non sentiva quasi più la mela marcia nella schiena.

Il repensa à sa famille avec émotion et amour.

Ripensò alla sua famiglia con emozione e amore.

Il ressentait les émotions de sa sœur encore plus intensément qu'elle.

Lui percepì le emozioni della sorella ancora più di quanto avesse fatto lei.

Elle avait raison ; il devait partir.

Aveva ragione quando aveva detto: lui doveva andarsene.

Il passa quelque temps dans cet état désert et paisible.

Trascorse un po' di tempo in questo stato di vuoto e pace.

L'horloge sonna trois fois, doucement mais fermement.

L'orologio suonò tre volte, sommessamente ma con fermezza.

Gregor fut doucement tiré de ses pensées.

Gregor venne dolcemente strappato alle sue riflessioni.

Il regarda la lumière du matin pénétrer lentement dans sa chambre.

Osservò la luce del mattino entrare lentamente nella sua stanza.

Puis sa tête s'affaissa complètement, malgré lui.

Poi la sua testa ricadde completamente, senza che lui lo volesse.

Et son dernier souffle s'échappa faiblement de ses narines.

E il suo ultimo respiro uscì debolmente dalle sue narici.

La femme de chambre est entrée dans sa chambre tôt le matin.

La cameriera entrò nella sua stanza la mattina presto.

Elle n'a rien trouvé d'inhabituel lors de sa courte visite habituelle.

Durante la sua solita breve visita non trovò nulla di insolito.

À bout de forces et dans la précipitation, elle claqua toutes les portes.

Per la fretta e la forza, sbatté tutte le porte.

Il était impossible de dormir paisiblement dans tout l'appartement.

In tutto l'appartamento non era possibile dormire sonni tranquilli.

On lui avait demandé d'éviter de faire cela le matin.

Le era stato chiesto di evitare di farlo la mattina seguente.

Elle pensait qu'il restait allongé là, immobile, exprès.

Pensava che lui fosse rimasto lì immobile di proposito.

Peut-être voulait-il lui montrer qu'il était offensé.

Forse voleva dimostrarle che era offeso.

Elle lui faisait confiance et pensait qu'il était doté d'une intelligence hors du commun.

Lei si fidava di lui e pensava che fosse dotato di ogni sorta di intelligenza.

Il se trouve qu'elle tenait le long balai à la main.

Per caso teneva in mano la lunga scopa.

Alors, depuis la porte, elle essaya de chatouiller un peu Gregor.

Così, dalla porta, cercò di fare un po' il solletico a Gregor.

Elle était un peu agacée qu'il ne réponde pas du tout.

Era un po' infastidita dal fatto che lui non rispondesse affatto.

Alors cette fois, elle le poussa un peu plus fermement.

Così questa volta lo spinse un po' più forte.

Comme il n'opposait aucune résistance, elle l'examina de plus près.

Quando lui non mostrò alcuna resistenza, lei lo guardò più da vicino.

Elle comprit rapidement ce qui était réellement arrivé à Gregor.

Ben presto capì cosa era realmente accaduto a Gregor.

Elle ouvrit davantage les yeux et siffla pour elle-même.

Spalancò gli occhi e fischiò tra sé.

Mais elle n'a pas tardé à ouvrir la porte.

Ma non perse molto tempo prima di aprire la porta.

Et elle cria d'une voix forte dans l'obscurité :

E gridò a gran voce nell'oscurità:

«Viens voir, il est là, complètement mort.»

"Vieni a dare un'occhiata, giace lì, completamente morto."

Les deux parents étaient assis bien droits dans leur lit conjugal.

I due genitori sedevano dritti nel loro letto coniugale.

Il leur fallait d'abord surmonter le choc du bruit.

Per prima cosa dovettero superare lo shock del rumore.

Mais peu à peu, ils ont commencé à comprendre son message.

Ma poi cominciarono lentamente a comprendere il suo messaggio.

Monsieur et Madame Samsa ont chacun sauté de leur côté du lit.

Il signor e la signora Samsa saltarono fuori dal letto, ognuno dalla propria parte.

M. Samsa jeta l'épaisse couverture sur ses épaules.

Il signor Samsa si gettò la spessa coperta sulle spalle.

Et Mme Samsa sortit vêtue uniquement de sa chemise de nuit.

E la signora Samsa uscì indossando solo la camicia da notte.

C'est ainsi qu'ils entrèrent dans la chambre de Gregor.

E fu così che entrarono nella stanza di Gregor.

Entre-temps, la porte du salon s'était également ouverte.

Nel frattempo si era aperta anche la porta del soggiorno.

Grete y dormait depuis l'emménagement des locataires.

Grete dormiva lì da quando gli inquilini si erano trasferiti.

Elle était entièrement habillée comme si elle n'avait pas dormi du tout.

Era completamente vestita come se non avesse dormito affatto.

Son visage pâle semblait également témoigner de son manque de sommeil.

Anche il suo viso pallido sembrava indicare la mancanza di sonno.

« Il est mort ? » demanda Mme Samsa en regardant la bonne.

«È morto?» chiese la signora Samsa, guardando la cameriera.

Elle aurait pu le confirmer en le regardant elle-même.

Avrebbe potuto confermarlo guardandolo lei stessa.

« Je le crois », dit la bonne en ramassant le balai.

"Credo di sì", disse la cameriera, prendendo la scopa.

Et elle a poussé son corps sur une longue distance à travers le sol.

E spinse il suo corpo molto lontano sul pavimento.

Mme Samsa fit un mouvement comme si elle voulait l'arrêter.

La signora Samsa fece un movimento come se volesse fermarla.

Mais finalement, elle a laissé la bonne faire glisser Gregor.

Ma alla fine lasciò che la cameriera facesse scivolare Gregor in giro.

« Eh bien, » dit M. Samsa, « enfin nous pouvons remercier Dieu. »

"Bene", disse il signor Samsa, "finalmente possiamo ringraziare Dio."

Il fit le signe de croix : tête, poitrine, épaules.

Fece il segno della croce: testa, petto, spalle.

Et les trois femmes suivirent son exemple religieux.

E le tre donne seguirono il suo esempio religioso.

Grete, qui ne quittait pas le cadavre des yeux, dit :

Grete, che non distoglieva lo sguardo dal cadavere, disse:

«Regardez comme il est maigre, il n'a pas mangé depuis si longtemps.»

"Guarda com'era magro, non mangiava da tanto tempo."

« La nourriture que je lui laissais chaque matin restait toujours intacte. »

"Il cibo che gli lasciavo ogni mattina era sempre intatto."

En fait, le corps de Gregor était complètement plat et sec.

In realtà il corpo di Gregor era completamente piatto e asciutto.

C'était plus visible maintenant qu'il était au sol.

Ora che era a terra, la cosa era ancora più evidente.

Parce que son corps n'était plus soutenu par ses jambes.

Perché il suo corpo non era più sollevato dalle gambe.

Et parce que rien d'autre ne venait distraire la vue.

E perché non c'era nient'altro che distraesse la vista.

«Viens avec nous un moment, Grete», dit Mme Samsa.

«Vieni con noi per un po', Grete», disse la signora Samsa.

Un sourire douloureux se dessinait sur ses lèvres lorsqu'elle parlait.

Mentre parlava, sulle sue labbra si dipinse un sorriso doloroso.

Grete les suivit, mais jeta aussi un coup d'œil en arrière au cadavre.

Grete li seguì, ma si voltò anche lei a guardare il cadavere.

La bonne ferma la porte et ouvrit grand la fenêtre.

La cameriera chiuse la porta e aprì completamente la finestra.

Il était encore tôt, l'air était donc normalement froid.

Era ancora presto, quindi l'aria normalmente sarebbe stata fredda.

Mais il y avait aussi un mélange de chaleur dans l'air froid.

Ma nell'aria fredda c'era anche un misto di calore.

Comme un doux rappel que c'était désormais la fin du mois de mars.

Come un dolce promemoria che ormai è la fine di marzo.

Les trois locataires sortirent alors eux aussi de leur chambre.
Anche i tre inquilini uscirono dalla loro stanza.
Ils cherchèrent leur petit-déjeuner avec étonnement.
Si guardarono intorno stupiti in cerca della loro colazione.
**Le petit-déjeuner a été oublié à cause de ce que la femme de
chambre a trouvé.**
La colazione fu dimenticata a causa di ciò che trovò la
cameriera.
« Où est le petit-déjeuner ? » grommela l'homme du milieu.
"Dov'è la colazione?" borbottò il signore di mezzo.
**La bonne porta son doigt à sa bouche pour demander le
silence.**
La cameriera si mise un dito sulla bocca per intimare il
silenzio.
Et elle salua les messieurs d'un geste rapide et silencieux.
E fece un cenno rapido e silenzioso ai signori.
La servante fit entrer les trois messieurs dans la pièce.
La cameriera accompagnò i tre signori nella stanza.
Et elle a continué à leur expliquer ce qui s'était passé.
E continuò a spiegare loro cosa era successo.
Et les trois messieurs se tinrent autour du corps de Gregor.
E i tre signori si schierarono attorno al cadavere di Gregor.
Les mains dans les poches, ils baissèrent les yeux.
Con le mani in tasca guardarono in basso.
**La lumière du matin inondait désormais complètement la
pièce.**
La luce del mattino aveva ormai inondato completamente la
stanza.
La porte de la chambre s'ouvrit alors et M. Samsa apparut.
Poi la porta della camera da letto si aprì e apparve il signor
Samsa.
D'un côté se trouvait sa femme, et de l'autre sa fille.
Da una parte c'era sua moglie, dall'altra sua figlia.
M. Samsa portait déjà son uniforme.
Il signor Samsa indossava già la sua uniforme.
On pouvait voir qu'ils avaient tous un peu pleuré.
Si vedeva che tutti avevano pianto un po'.

Grete pressa son visage contre le bras de son père.

Grete premette il viso contro il braccio del padre.

« Quittez mon appartement immédiatement ! » ordonna M. Samsa.

«Lasciate subito il mio appartamento!» ordinò il signor Samsa.

Et il désigna la porte sans laisser partir les femmes.

E indicò la porta senza lasciare andare le donne.

« Que voulez-vous dire ? » demanda l'intermédiaire, déconcerté.

"Cosa intendi?" chiese l'intermediario, sconcertato.

Et il fit de son mieux pour sourire gentiment à M. Samsa.

E fece del suo meglio per sorridere dolcemente al signor Samsa.

Les deux autres tenaient leurs mains derrière leur dos.

Gli altri due tenevano le mani dietro la schiena.

Et ils se frottèrent les mains d'impatience.

E si fregarono le mani nell'attesa.

Ils semblaient s'attendre à une violente dispute.

Sembrava che si aspettassero una lite rumorosa.

Mais ils semblaient se réjouir de la dispute à venir.

Ma sembravano contenti della discussione imminente.

Ils pensaient que le litige tournerait à leur avantage.

Pensavano che la disputa sarebbe stata a loro favore.

« Je maintiens exactement ce que je viens de dire », a répondu M. Samsa.

"Intendo esattamente quello che ho appena detto", rispose il signor Samsa.

Il marchait en ligne droite avec ses deux compagnons.

Camminava in linea retta con i suoi due compagni.

Et M. Samsa s'est adressé directement à leur responsable.

E il signor Samsa si rivolse direttamente al loro capo.

Le monsieur resta d'abord immobile, le regard fixé au sol.

Il signore rimase inizialmente immobile, guardando a terra.

Le contenu de sa tête était encore en train de se réorganiser.

I contenuti della sua testa si stavano ancora organizzando.

« Très bien, nous y allons », dit-il en levant les yeux vers M. Samsa.

"Bene, andiamo", disse, e alzò lo sguardo verso il signor
Samsa.
**Une nouvelle humilité semblait l'avoir soudainement
envahi.**
Una nuova umiltà sembrò improvvisamente prenderlo.
Et il semblait demander la permission pour cette décision.
E sembrava che stesse chiedendo il permesso per questa
decisione.
M. Samsa ouvrit grand les yeux et hocha légèrement la tête.
Il signor Samsa spalancò gli occhi e annuì leggermente.
Les messieurs obéirent immédiatement à son ordre.
I signori obbedirono immediatamente al suo ordine.
**Et ils ont effectivement fait de longues enjambées dans le
couloir.**
E fecero davvero dei passi lunghi nel corridoio.
Ses amis avaient déjà cessé de se frotter les mains.
I suoi amici avevano già smesso di strofinarsi le mani.
Ils avaient écouté le déroulement de la conversation.
Avevano ascoltato come si svolgeva la conversazione.
Et maintenant, ils couraient après lui, comme pris de peur.
E ora gli correvano dietro, come se avessero paura.
M. Samsa pourrait encore les isoler de leur chef.
Il signor Samsa potrebbe ancora isolarli dal loro leader.
Ils ont sorti leurs bâtons du récipient.
Tirarono fuori i bastoncini dal contenitore.
Et ils s'inclinèrent en silence avant de quitter l'appartement.
E si inchinarono in silenzio prima di lasciare l'appartamento.
M. Samsa et les deux femmes sortirent sur le parvis.
Il signor Samsa e le due donne uscirono dal piazzale.
**Mais en réalité, ils n'avaient aucune raison de se méfier de
ces hommes.**
Ma in realtà non avevano motivo di diffidare degli uomini.
**Ils s'appuyèrent sur la rambarde pour vérifier s'ils étaient
partis.**
Si appoggiarono alla ringhiera per controllare se se ne fossero
andati.
Les trois messieurs descendaient effectivement les escaliers.

I tre signori stavano effettivamente scendendo le scale.
Ils disparurent dans un virage de l'escalier.
In una certa curva della scala scomparvero.
Puis l'escalier les ramena à la vue.
E poi la scala li riportò alla vista.
Ce phénomène d'apparition et de disparition se répétait à chaque étage.
Questo apparire e scomparire si ripeteva a ogni piano.
Mais finalement, ils étaient presque arrivés au fond.
Ma alla fine erano quasi arrivati in fondo.
Plus ils avançaient, moins ils étaient intéressants.
Più andavano avanti, più diventavano noiosi.
Tout le monde est rentré à la maison, comme soulagé.
Tutti tornarono a casa, come sollevati.
Ils décidèrent de profiter de la journée pour se reposer et aller se promener.
Decisero di usare la giornata per riposarsi e fare una passeggiata.
Ils estimaient avoir mérité cette pause dans leur travail.
Sentivano di meritarsi questa pausa dal lavoro.
Non seulement ils méritaient cette pause, mais ils en avaient besoin.
Non solo meritavano questa pausa, ma ne avevano bisogno.
Ils s'assirent à table pour écrire des lettres d'excuses.
Si sedettero al tavolo per scrivere lettere di scuse.
M. Samsa a adressé une lettre d'excuses à sa direction.
Il signor Samsa scrisse una lettera di scuse alla sua direzione.
Mme Samsa a écrit sa lettre d'excuses à ses clients.
La signora Samsa scrisse una lettera di scuse ai suoi clienti.
Et Grete a écrit sa lettre d'excuses à son directeur.
E Grete scrisse la sua lettera di scuse al preside.
Pendant qu'ils écrivaient tous, la bonne entra dans la pièce.
Mentre tutti scrivevano, la cameriera entrò nella stanza.
Son travail du matin était terminé, elle rentrait donc chez elle.
Aveva finito il lavoro mattutino, quindi stava tornando a casa.

Les trois écrivains hochèrent d'abord la tête, sans lever les yeux.

Inizialmente i tre scrittori annuirono, senza alzare lo sguardo.

Mais la bonne ne semblait pas encore vouloir partir.

Ma la cameriera non sembrava intenzionata ad andarsene subito.

Elle attendit un peu, jusqu'à ce que les trois écrivains lèvent les yeux.

Aspettò un po', finché i tre scrittori non alzarono lo sguardo.

« Eh bien ? » demanda M. Samsa, en colère, comme l'étaient les autres.

"Ebbene?" chiese il signor Samsa, arrabbiato come gli altri.

La bonne se tenait sur le seuil, un sourire aux lèvres.

La cameriera era sulla soglia con un sorriso sul volto.

Elle donnait l'impression d'avoir de bonnes nouvelles à annoncer.

Dava l'impressione di avere buone notizie da comunicare.

Mais elle n'allait pas partager la nouvelle à moins qu'on ne le lui demande.

Ma non aveva intenzione di condividere la notizia a meno che non glielo chiedessero.

La plume d'autruche dressée sur son chapeau oscillait légèrement.

La piuma di struzzo verticale sul suo cappello ondeggiava leggermente.

Cette plume d'autruche avait toujours agacé M. Samsa.

Quella piuma di struzzo aveva sempre infastidito il signor Samsa.

« Alors, que voulez-vous ? » demanda Mme Samsa, d'un ton ferme.

«Allora, cosa vuoi?» chiese la signora Samsa con fermezza.

La bonne avait encore beaucoup de respect pour Mme Samsa.

La cameriera nutriva ancora molto rispetto per la signora Samsa.

« Oui », répondit-elle, et elle éclata d'un rire amical.

"Sì", rispose lei, e scoppiò in una risata amichevole.

Un instant, son rire l'empêcha de parler.

Per un attimo la risata le impedì di parlare.

« Tu n'as pas à t'inquiéter pour ce qui se passe chez le voisin. »

"Non devi preoccuparti di quella cosa lì accanto."

« J'ai déjà prévu comment nous allons nous en débarrasser. »

"Ho già deciso come liberarcene."

Mme Samsa et Grete continuèrent à écrire leurs lettres.

La signora Samsa e Grete continuarono a scrivere le loro lettere.

Mais M. Samsa remarqua que la bonne n'avait pas encore terminé.

Ma il signor Samsa notò che la cameriera non aveva ancora finito.

Elle voulait maintenant tout décrire plus en détail.

Ora voleva descrivere tutto più dettagliatamente.

Mais il tendit la main pour repousser ses avances.

Ma lui allungò la mano per respingere i suoi tentativi.

Elle s'est rendu compte qu'ils n'étaient pas intéressés par ses projets.

Si rese conto che non erano interessati ai suoi piani.

Et puis elle se souvint de la grande précipitation dans laquelle elle avait été.

E poi si ricordò della gran fretta che aveva avuto.

« Ciao alors », dit-elle, insultée par ce manque d'intérêt.

"Ciao allora", disse, offesa dalla mancanza di interesse.

Mais avant de partir, elle a claqué la porte très fort.

Ma prima di andarsene sbatté la porta con violenza.

« Elle sera licenciée ce soir », a déclaré M. Samsa.

«Verrà licenziata stasera», ha detto il signor Samsa.

Mais sa femme et sa fille étaient trop occupées pour lui répondre.

Ma sua moglie e sua figlia erano troppo impegnate per rispondergli.

Parce que la bonne avait troublé leur paix nouvellement acquise.

Perché la cameriera aveva turbato la loro pace appena
ritrovata.
La mère et la fille se levèrent pour aller à la fenêtre.
La madre e la figlia si alzarono per andare alla finestra.
Et, enlacés, ils restèrent là.
E restarono lì abbracciati.
M. Samsa se tourna sur sa chaise pour les regarder.
Il signor Samsa si girò sulla sedia per guardarli.
**Et pendant un moment, il les observa en silence, immobiles
là.**
E per un po' li osservò in silenzio, fermi lì.
Finalement, il leur cria : « Viendrez-vous à moi ? »
Infine li chiamò: "Volete venire da me?"
«Oublions tout ça, d'accord ?»
"Dimentichiamoci di tutte quelle vecchie cose, va bene?"
«Viens à moi et accorde-moi un peu d'attention.»
"Vieni da me e dedicami un po' della tua attenzione."
**Les deux femmes firent ce qu'il leur avait dit et se
précipitèrent vers lui.**
Le due donne fecero come lui aveva detto e corsero verso di
lui.
Ils lui ont fait une accolade affectueuse et l'ont embrassé.
Lo abbracciarono affettuosamente e lo baciarono.
**Ils retournèrent rapidement pour terminer la rédaction de
leurs lettres.**
Tornarono subito indietro per finire di scrivere le loro lettere.
Puis, tous les trois, ils quittèrent l'appartement ensemble.
Poi tutti e tre lasciarono l'appartamento insieme.
Ils n'étaient pas sortis ensemble depuis des mois.
Erano mesi che non uscivano di casa insieme.
Et ils prirent le tramway jusqu'à la périphérie de la ville.
E presero il tram fino alla periferia della città.
Ils avaient toute la rame du tramway pour eux seuls.
Avevano l'intera carrozza del tram tutta per loro.
La lumière du soleil inondait la pièce par la fenêtre.
La luce del sole entrava a fiotti dalla finestra esterna.
La famille se cala confortablement dans ses sièges.

La famiglia si appoggiò comodamente allo schienale dei sedili.

Et ils ont discuté de leurs perspectives d'avenir.

E hanno discusso delle prospettive per il loro futuro.

À y regarder de plus près, leurs perspectives n'étaient pas mauvaises.

A un esame più attento, le loro prospettive non erano male.

Tous les trois occupaient des emplois qui leur permettraient de gagner davantage.

Tutti e tre avevano lavori che avrebbero potuto far guadagnare di più.

Ils ne s'étaient jamais interrogés l'un sur l'autre concernant leur travail.

Non si erano mai chiesti a vicenda del loro lavoro.

Mais maintenant, ils avaient enfin le temps de discuter de ces choses-là.

Ma ora finalmente avevano il tempo di discutere di queste cose.

Ils avaient également la possibilité de déménager dans un appartement plus petit.

Avevano anche la possibilità di trasferirsi in un appartamento più piccolo.

Cela aurait le plus grand impact sur leur vie.

Ciò avrebbe avuto il massimo impatto sulle loro vite.

Leur appartement actuel avait été choisi par Gregor.

Il loro appartamento attuale era stato scelto da Gregor.

Mais maintenant, ils pourraient déménager dans un endroit plus abordable.

Ma ora potrebbero trasferirsi in un posto più conveniente.

Un appartement plus petit, mais dans un endroit plus pratique.

Un appartamento più piccolo, ma più pratico.

Parler de l'avenir a redonné vie à Grete.

Parlare del futuro rese Grete di nuovo più vivace.

Monsieur et Madame Samsa ont également remarqué d'autres changements chez elle.

Il signor e la signora Samsa notarono in lei anche altri cambiamenti.

Ses joues étaient devenues pâles à cause de tous ses soucis.

Le sue guance erano diventate pallide a causa di tutte le preoccupazioni.

Mais à présent, leur fille s'épanouissait et devenait une femme remarquable.

Ma ora la loro figlia stava sbocciando e diventando una bella signora.

C'était vraiment une belle et jolie jeune femme, maintenant.

Ora era davvero una bella e robusta ragazza.

Ses parents se turent et admirèrent leur fille.

I suoi genitori rimasero in silenzio e ammirarono la figlia.

Ils échangèrent un regard, communiquant inconsciemment.

Si scambiarono occhiate, comunicando inconsciamente.

« Il sera bientôt temps de lui trouver un homme bien. »

"Presto arriverà il momento di trovarle un brav'uomo."

Le tramway était arrivé à destination et avait ralenti.

Il tram era giunto a destinazione e aveva rallentato.

Leur fille semblait confirmer leurs nouveaux rêves.

La loro figlia sembrava confermare i loro nuovi sogni.

Elle fut la première à se lever et à étirer son jeune corps.

Fu la prima ad alzarsi e ad allungare il suo giovane corpo.